孤岛曼哈顿

绢窗小雨　著

中国出版集团

中 译 出 版 社

图书在版编目(CIP)数据

孤岛曼哈顿 / 绢窗小雨著 . — 北京 : 中译出版社 , 2016.9
ISBN 978-7-5001-4920-0

Ⅰ . ①孤… Ⅱ . ①绢… Ⅲ . ①长篇小说–中国–当代
Ⅳ . ① I247.5

中国版本图书馆 CIP 数据核字(2016)第 233007 号

出版发行 / 中译出版社
地　　址 / 北京市西城区车公庄大街甲 4 号物华大厦 6 层
电　　话 / (010)68359376　68359303　68359101　68357937
邮　　编 / 100044
传　　真 / (010)68357870
电子邮箱 / book@ctph.com.cn

策划编辑 / 吴良柱　姜　军
责任编辑 / 顾客强　刘全银　孙　建　张思雨

排　　版 / 北斗东瑞
印　　刷 / 保定市中画美凯印刷有限公司
经　　销 / 新华书店

规　　格 / 880 毫米 ×1230 毫米　1/32
印　　张 / 8.5
字　　数 / 220 千字
版　　次 / 2016 年 10 月第 1 版
印　　次 / 2016 年 10 月第 1 次

ISBN 978-7-5001-4920-0　　定价：35.80 元

目　录

谨以此书献给那些在平淡的生活中坚持梦想的人

一

法拉盛

纽约市皇后区法拉盛缅街，一如既往的拥挤。刚刚下班的亚洲移民们挤挤攘攘地从七号线地铁站里涌出地面，如同簇拥在一起的蝌蚪忽然四散，迅速地消失在缅街的那川流不息的人群中。有的去中国城超市或者香港超市购买晚上要做的小菜原材料，有的在街边排起蜿蜒的长队等待搭乘下一班公交车回家，有的和仨俩朋友在附近的中餐馆里大快朵颐。过马路的人流汹涌澎湃，见缝插针。推着婴儿车的女人径直将车轮子滚到你的脚背上来，路边发放传单的老人干脆把纸张贴到你的胸口，让人不得不接。似乎是回到了中国，不用说英语也照样生活得红红火火、有模有样。鹿鸣春里的蟹粉小笼总是要在店门外排很长的队才能吃到，小肥羊里的鸳鸯火锅和国内的味道也差不了几分，朵颐食府飘着红辣椒的川菜香味，仍然是人头攒动。这里的馆子不像曼哈顿高楼夹缝里的某些中餐馆，搞些左宗棠鸡之类的美式口味来糊弄白领美国人；这边可都是地道的中国老食客，不正宗就得关门。

如果你不知道这是在美国，准会以为是国内某个喧嚣的县城，或是哪个20世纪90年代的二线城市。形状各异的招牌参差不齐地拼凑在大街两旁，各种类型的服务遍地开花：洗发厅、按摩店、珠宝行、律师楼、中药房、私人诊所、修鞋铺、华人超市、中餐馆等，充满着浓郁的市井商业气息。招牌上几乎全是中文字，繁体和简体穿插在一起，让人猜不透里面的华人来自哪里。偶尔出现的一两个英文名，像Starbucks（星巴克）和Chase（摩根大通银行），倒反而显得不合时宜。不时路过的墨西哥人、黑人以及少数的白人游客，让沉浸在中国小县城氛围里的华人忽然意识到这不是自己的地盘；不过转眼又忘记了，因为他们中的很多人基本不去华人区以外的地方，也不说英文。

满脸疲惫的曹建明从律师楼下班，手里提着两只黄灿灿的塑料袋，装着刚从附近中美超市买回的半磅冰冻虾和两个西兰花，慢悠悠地朝自己的二手日本车走去，准备回家。他今年刚过54，来美国将近十年了。短小身材，稀疏头发，转身间露出光秃秃的头顶。深蓝色的长袖毛衣服帖地套在熨过的白衬衫外面；一副玳瑁脚的金丝边眼镜架在鼻梁上，间或透出一丝儒雅的气息。他在外面礼貌客气，在家里也常常动手下厨，是典型的上海男人。他年初时换了个工作，从中国人的律师事务所跳槽到犹太人的事务所，同事以中国人、韩国人和印度人居多，专做移民的案子。犹太人商业头脑强，雇了这些新移民来为自己拓展各个种族的业务，工资也可以比本土美国人低出个档次。曹建明平时用普通话和中国客户交流，只有向老板汇报的时候才用英语。大多数中国人对移民美国繁复的手续和表格不甚了解，又无法用英语来详细地对美国律师解释自己的情况。曹建明精明的模样和认真的态度为这个犹太老板赢得了不少中国客人的生意。

虽说犹太老板对钱财抓得紧，可是比起华人律师楼，曹建明现在的工资福利都上了一个台阶。这年头美国人纷纷上街游行抗议找不到工作，他总算还有口饭吃，有辆车开，也能勉强交出每月的购房贷款，甚至还有医疗保险，已经是万幸，便也没有什么可抱怨的。靠着在律师事务所工作的便利与经验，曹建明不但把自己非法滞留美国的身份办成了绿卡，最近把女儿也成功移民到了美国，并且明年就能等到入美国籍成为美国公民。如今他在纽约是有房有绿卡的人，在周围窄小的华人移民圈里算是小有成功。如果说以前还有回国的念头，现在是完全放弃了，只想一心一意地在美国生根，把孩子培养成美国人。如今女儿生活、上学开支逐渐增大，以后还要上大学，本来正好支付日常开销的收入，不免有些捉襟见肘。孩子对华人区的世界没什么兴趣，倒是对各个品牌的高档消费倍感新奇，总爱往曼哈顿跑。虽然说只是逛逛橱窗，难免也买下两三件衣服，毕竟好多名牌在国内被捧得如同奢侈品，在美国就如平常超市里的蔬菜一样普通，实在让青春的她按捺不住。

纽约那漫长的冬季终于在一树树云白的梨花和娇粉的玉兰花盛开中结束了。裹紧着生活的人们终于放开身心，像舒展的青草一样旺盛地从土地里一丛丛地钻出来。傍晚时分，法拉盛的大街小巷里格外扰攘，步行的人群、私家车和臃肿的公交车交汇在一起，是迷乱节奏的交响乐，是失去控制的马戏团。步行的人们普遍不把红绿灯放在眼里，只要没车就汹涌前进。这在纽约是常态，大家都忙着生活，时间紧迫，没有办法考虑太多。只有衣食丰足的闲人才毕恭毕敬地遵守规则，匆忙的赶路者做不了顺民。曹建明开车穿过缅街，转个弯进入侧道，人行道上尽是从地铁里出来后缓缓走在回家路上的疲倦的人们，大包小包，浩浩荡荡，情形壮观。曹建明抽出支烟，舒展了下胳膊，哼起了小调：“小小竹排江中游，巍巍青山两岸走……”

“啪！”一声巨响，曹建明突然感到头昏眼花，几秒钟后定下神来时，一阵剧痛从腿部传来，平时沉稳的他忍不住哎哟叫出声。根本顾不上打开车门探个究竟，警车和救护车似乎瞬间就呼呼地汇集在街口，过路的归家人纷纷驻足围观。红蓝的车灯光束四射，像迪斯科的舞台背景，只是缺了舞者。平静的居民区变得嘈杂混乱——出车祸了。

曹建明昏沉沉地躺在医院的病床上，腿断了，一动不能动，心乱如麻。“你在停车标志牌的位置没有停下来观看路况。”交警在他耳边留下这样一句话。这下完了，都是自己的过失。唱歌的兴头上竟然会没有看到指示标牌，从来做事谨慎小心的自己怎么会栽倒在这么小的细节上呢？真是太不应该了。所幸车子的损失保险公司可以赔，对方并没有受伤。万幸的是自己才换了工作，结束了多年没有医疗保险的状况。现在这样救护车一送，医院里一躺，如果没有医保，还不知道要破费多少美元。看样子这段时间是不能去工作了，没有工资拿是肯定的，老板会因此找个原因把自己炒掉吗？这个难说。上次有个怀孕的女同事不也是被老板用某个理由给开除了？当务之急是还房贷，其次才是生活的开销。美国可是一个讲法不讲人情的地方。最近听到好几起房主还不出贷款，房子被充公并被廉价拍卖的事件。自己跟国内基本断绝了关系，就算要问亲戚家人借钱都不可能，何况这种事情说出口都是对人格的羞辱，曹建明是一定不会让这样的事情发生在自己身上的。

曹建明住在法拉盛一个三室一厅的公寓里，这是他用多年来在美国积攒的所有收入支付首付而购买的房产，也是他来美国以后最得意的投资。中国人有一种心态，只有在一块土地上购置了房产，这个地方才可以叫作家。曹建明在纽约奋斗多年，如今终于摆脱了没有房子的漂泊感，像流浪多年的游子吃到了一口家乡菜，心里忽然笃定下来。本来以为只要认真工作，一步一个脚印，慢慢地还贷款，等到明年将身份转成美国公民，那就算是实现了普通人心中的美国梦，或许终于可以扬眉吐气地回国一趟了。现在人生却跟他开了一个大玩笑，偏偏在他享受生活的片刻欢愉时给了他当头棒喝。他可是家里唯一工作赚钱的人，被当作支柱和靠山一样捧着。没钱，真的会什么都不是，什么也没有。他越想越感伤，伸手去摸口袋里的烟。忽然看到墙上“禁止吸烟”的警示，抬起的手无力地垂了下去。

駕駛學校
Red Apple Driving School
718-886-1881
事務所
航旅遊
SELECTRAVEL & TOUR, INC.
新阿外樓
718-661-1660
40th RD
NY 11354
小都會
正宗福州小館
CITY CENTER GOURMET INC
正宗
WINES

纽约皇后区法拉盛

二

初来乍到

晚上九点半，纽约肯尼迪机场的出口车辆交织，人头攒动。刚下飞机的人们焦急而迷茫地琢磨着各种交通工具以及价格的可行性。一排排明黄的出租车在公交车的周围陆续停下，与乘客的队伍在远处交汇，仿佛是一条巨大的拉链，将人们的欲望和现实的距离紧密地拉合起来，径直抛向机场外繁忙的高速公路。

林芷姑娘费力地推着堆满行李的小车从机场出来。一个瘦弱苍白的娇小女子，花苞头耸立在头顶，卷曲的头发偶尔冒出几缕倔强；一副黑边的大框眼镜，仿佛把半个脸罩住；身穿一袭黑衣，做低调状，以防遇上麻烦。这是她第一次离开西海岸的旧金山来到纽约，心潮澎湃，虽然不知道未来会演变成什么模样，但总隐约觉得离实现自己的梦想似乎更接近了一步。事先约定好的旅馆打电话来说已经派出一名驾驶员来接她。还好，至少有个接应的人。

林芷看过的纽约电影无数，知道纽约的出租车尽是一色明黄加小黑格子，司机大多印度人模样。旅馆电话来说驾驶员已经到了，慌忙中她却找不到是哪一辆。黄色的出租车密密麻麻向这边涌来，耀眼的前灯把夜晚的机场通道点缀得闪闪烁烁，让人睁不开眼。她朝靠边的司机打听，却因为印度式英语的重口音而听不懂，也不好意思大声要求人家重复，只好拖着大小箱子来回转悠，累得直喘气；又不时地生怕行李背包被人抢走，不是说纽约的治安不好吗，单身一人总得多多防备才是。这时一辆黑色的轿车向林芷直闪前灯，司机朝这边挥起手来。

停在面前的这辆轿车既没顶灯，也没有黄色的车身。林芷的脑袋里瞬间冒出无数个警匪片里被黑车司机绑架拐骗的影像。上车还是不上？这个陌生人是否可以信任？她正琢磨着不敢轻举妄动，司机却下车来帮忙提行李。

“你是林芷小姐吧？我来接你去旅馆呢，累了吧，快上车。”

一句带着浓重台湾腔的普通话问候让林芷心里一惊。原来司机是一位台湾中年男子，身着休闲式西装，言语间透着几分职业性客气。

“我可以向您要张名片吗？”林芷小声试探说，不明白为什么这车的颜色和别人的不一样，但也没好意思细问，担心司机以为自己太不了解纽约行情而宰客。

司机大方地给出自己的名片，上面一排印着出租车公司的名字，下面是他的姓名。林芷心里稍微安稳下来。其实纽约除了黄色的出租车之外还有其他各种如侍从出租车（Livery Taxi）、豪华轿车（Limousines），这些车虽然遵守不同的规章，却都可以合法接送客人，价格也相差不大。像这辆黑色轿车应该就是豪华轿车，可是林芷初来乍到哪知道这些，电影里的黑色长车都是纽约有钱人才坐得起的，心里不免忐忑不安。

林芷的目的地是皇后区法拉盛的一家华人家庭旅馆。这是作为一个初入美国社会的中国人能在纽约找到的最便宜也最安全的住处。来美国虽然有几年了，之前一直是在西海岸读书，算不上真正地踏入美国社会。也不是说不好英文，但是去一个新地方总是想先找到华人社区，不管是广东人还是台湾人，能说句中文吃口中餐就感觉像服了颗定心丸，不再害怕。当然如果能遇到江浙沪一带的家乡人，就更好了，不过机会不多。这几个区域的人在家里生活富足悠闲，不喜欢出远门，出国就更少了。况且如今都是独生子女，家里人围着团团转，哪里舍得放到国外去。林芷只身闯荡美国，在周围的圈子里也是一件热闹一时的事。一个小姑娘在家里舒舒服服地做个老师蛮好，何苦要出去折腾，这是周围好心的大妈们的劝告。而她偏偏又是倔强得很，要与众不同，并且还要不同得有滋有味。林芷的计划是先在华人区域定下根据地，然后再向美国人的文化商业领域发展。在这里靠不了任何熟人，就打算靠广大的各国人民群众吧。虽然对靠不靠得住这一问题，她心里其实也没有底。

纽约的华人区在美国从规模上说可是数一数二的，大致分为三个区域：曼哈顿中国城、皇后区法拉盛和布鲁克林八大道。其间饭店林立，人群接踵，超市兴隆，一片蒸蒸日上的景象。这里以前大多是广东人和福建人的天下，近年来其他地方的内地移民也多了起来。特别是在法拉盛，普通话开始超越广东话而盛行，连新华书店都开了分部，直接与台湾人的世界书局竞争读者。旧金山的唐人区虽然历史悠久，却以说广东话的老年人居多，少了份朝气蓬勃的味道。林芷在旧金山的时候，由于听不懂广东话，买菜经常得用英语重新问一遍，往往引得服务员冷眼相迎，反而是到美国超市用英语买东西来得更舒心些。芝加哥的唐人区在旅途的记忆里匆匆而过：除了铺天盖地的中餐馆外，林芷只记得那“天下为公”的绿顶红柱大牌坊，仿佛是回到了民国的小说里。

法拉盛不管是白天还是晚上，总是人群不断，像巨大而缓慢流淌着的熔岩，把人滞在其中动弹不得。如果在美国的其他地方，陌生人不小心走路碰到你，都会说声对不起。而在这里，其实也是很中国的一个行为，大家争前恐后地往前挪，丝毫不在乎人与人的空间和距离。沿途没有什么规划，随处堆积的垃圾和蔓延的臭水沟，在闷热的夏天会散发出各种气味。一些去超市买菜的中年大妈，挽着路易威登的皮包疾行而过，让人怀疑这包是不是黑人贩卖的地摊货。人们大声地说话叫卖，匆忙赶路。发广告单和宣传宗教的人们横路拦截，一定要跟你说上句话才会甘休。这一切让人联想到国内的小商品市场，却多了几个无家可归的白种人坐在人群中摆摊子要钱，惹得周围的亚洲人指指点点。

唐人区是中国人在国外的脸面，也是许多游客的必到之处。可是相比于国内一二线城市里干净的街道，良好的绿化，整齐的规划，精致典雅的茶酒楼，这里简直沦落成了城乡接合部，怎么也让人想不到竟然还是纽约的地盘。川菜馆和广东早茶（dim sum）倒是非常丰富，人山人海的报号排队，跟赶集似的。零星的几家汤面馆，汤料没味道，面条嚼起来比豆腐还软，只有小笼包可以稍微缓解一下忧伤的味觉。有趣的是台湾菜馆里面尽是台湾人，韩国菜馆里面大多是韩国人，偶尔的几个美国本地人，倒是成了稀客。

对刚来纽约的林芷来说，一切还是新鲜的。缅街即使在深夜也依然热闹，沿途的饭店灯光熠熠，人头攒动。林芷靠在车窗边，浏览着这熟悉而又陌生的地方，像王家卫的电影一样在朦胧的色晕中一幕幕登场，而谁是电影中那个穿着旗袍的落寞人呢。

她忽然感到饥肠辘辘，方才意识到大半天没有进食了。

“想吃什么样的？”司机问。

“不要贵的。”林芷说。

“那就带你去餐饮中心先填填肚子。半小时后我来接你去旅馆。”司机说。

“好。”林芷心里溢出一丝温暖，毕竟这是她在纽约接触的第一个中国人。

餐饮中心沿街没有任何装饰，门口悬挂的霓虹灯四字招牌由于坏了一些灯泡而变成了“食欠中心”。一排通向地下室的斑驳的台阶延伸到路面，深不见底。林芷半信半疑地往下走，转过一个楼梯口，只见曲折蜿蜒的地下层里紧紧密密地排列着各种小吃摊，看上去多是夫妻或兄弟合开的小个体。有麻辣烫、兰州拉面、天津水饺、成都小吃等各地特色食品。每个小摊有一两张桌子，稀稀拉拉地坐着几个客人。一切非常简陋，一次性塑料的杯子和碗，好像是国内夏天里夜市的大排档，只是在室内而已。价格倒也相对便宜，五六美元一碗的刀切面，可以吃得十分饱。林芷就在这里匆忙地解决了在纽约的第一顿晚饭。

司机果然准点出现在门口。这时林芷才想起自己的两个大行李箱还在他车子的后备箱里，不禁捏了一把汗。

出租车渐渐驶离了主干道缅街。四周逐渐安静下来，路灯也似乎变得稀疏，一幢幢小别墅在逐渐茂密的树丛中若隐若现地变换着角度。月色清朗，行人稀少，狭窄的道路两侧树影婆娑。台湾司机一边听着音乐，一边针对人生喋喋不休，可是林芷实在是太累，又忧心忡忡，昏昏沉沉地不知道他在说些什么，只自顾自望着车窗外的风景，努力辨认着大致的方向，生怕被拐了不认识回家的路，即使在纽约还没有家。

车子缓缓驶入一幢三层洋房的花园过道，停在了门口。司机帮林芷提下了行李，按了按门铃。过了一会儿，一个华人年轻女子怀抱着婴儿开门向他们微笑。

“来了。你好，欢迎欢迎。”

进门的过道边有一个简易的木柜台，上边放着一台饮水机。旁边的墙上挂着不同房间的钥匙，每把钥匙圈上坠着一块色彩滋润的雨花石。年轻女子是福建人，一家老老小小都住在这幢房子的一楼，其余的房间给客人做旅馆，倒也是一份悠闲的营生。

旅社的价格是林芷来纽约之前就在网上看好的，五十多美元一晚，相比曼哈顿美国人均价两百美元的旅馆实在是要便宜很多，因此她也没有对环境和条件抱有很大的期望，只图有个睡觉的地方先住几天看找工作的情况再说。

“这就是你的房间了。”女子笑吟吟地递给林芷钥匙，指着一楼走道尽头的一扇门说。

两张大床叠着整齐的被褥，一面落地窗朝向花园。因是半夜，宽大而柔软的暗红色窗帘拉着，掩映着窗外清冷的月光和隐隐的树影。林芷忽然觉得很累，卸下登山背包搁在一张床上，自己倒在另一张床里，琢磨着为什么给自己这么一大间屋子，还有两张床，想着想着，不知不觉便睡着了。

华人家庭旅馆

三

蓝眼睛

这条路真是越走越不像居民区。高低错落的房子散落在马路两边，墙面剥落着碎片，间隔也越来越远。一些玻璃破了，不知道是否有人住在里面，似乎是被遗弃的废城。林芷使劲往上拽了拽围巾，四月初，风大，呢大衣也抵不住，春寒直往身体里钻。径直往西走，路边出现了高大的铁篱笆，生锈的铁片在冷风中摇摇欲坠，好像蒂姆·波顿动画里的孤独城堡，就差点哥特式配乐。篱笆后面是杂乱的野草与树丛，看不清里面的建筑。

应该离这里不远了，林芷根据地图猜测。果然在步行了将近一千米的篱笆墙之后，前边终于露出了一个断口，铁锈的旋转门把外界分割开来，像纽约陈旧的地铁入口，唯一不同的是这里没有人山人海的拥挤，事实上，是一个人也没有。

林芷有些犹豫到底要不要推开旋转门进去？折腾了一上午，从地铁转到公交，下车又顶着风摸摸索索地走了这令人不安的没有行人的路，终于来到布鲁克林的这个荒无人烟之地。要是此刻离开的话也许就错过了什么，之后会一直回想与猜测而不得安宁；如果真进去了，却是一条退路也没有，只好坚持心底里那个探险家的本色。要是被谋杀或者绑架，都没有人会知道自己消失了，更别说送救赎金。纽约对于林芷是陌生的，一时想找个人发条短信告诉自己的行踪也找不到。除非发给中国的朋友，人家却都还在睡觉。

林芷心里忐忑不安，脚步却已经无意识地迈进铁门。眼前忽然一阵开阔，一望无边的旧厂房层层叠叠地蔓延到远处，废弃的建筑材料横七竖八地堆在杂草丛生的碎裂水泥地面。没有人，只有一个天蓝色的小报告亭耀眼地矗立在古铜色的建筑群里。

身穿制服的黑人大妈从报告亭里探头向外张望，林芷的视线不小心与她接触。她示意林芷过去。

"请出示一下你的身份证和邀请函。"大妈很认真地指导林芷填写姓名、来访时间、访问对象等信息。林芷悬空的心也踏实了一小半，"毕竟有人知道我在这里了"。

巨大的红墙砖房一座座排列在早春的苍白冷风里，极其安静。林芷独自走在厂房之间狭窄的过道里寻找阳光与方向。随处可见破碎的玻璃窗，覆盖着沉淀多年的灰尘，仿佛向路人诉说着被遗弃的惆怅。空气中充斥着一股金属的味道，夹杂着海水的腥气。林芷感到自己仿佛回到了20世纪初密西西比河畔的圣路易斯城，就差船员们喝着啤酒听着爵士乐和蒸汽轮船此起彼伏的轰鸣声了。而当初那份工业革命的浪漫情怀，而今已消逝。

转角一块水泥墙面上，白漆工整地写着一个巨幅号码：19。终于找到目的地了，林芷感叹自己幸亏没穿高跟鞋，否则只好赤脚走路了。围着19号大楼转了两圈，却怎么也找不到入口。正着急时，一个身着深蓝色衬衫挽着袖口的白人小伙子提着两桶油漆走过。

“请问哪里是入口？”林芷有些着急，怕耽误了约定的时间。

“跟我来。”小伙子微微一笑，一双蔚蓝的眼睛倒映着纤长的睫毛。

林芷下意识里想去帮他提一桶油漆以示感谢，不过担心自己提不动，反而尴尬，于是也就默不作声地跟在后面。

“从这里爬上去，你得用货运电梯。”小伙子说话带有浓重的鼻音，就像上海人听北京人讲话嗡嗡地作响，一听就知道不是纽约本地人。台阶挺高，林芷一开始还以为是某些机器的工作平台，所以才没找着。小伙子先上去，然后拉她一把：“那里一转弯就是了。”

货梯是一个斑驳陈旧的大铁笼，随着上升的过程，器械活动的声响交织成某种合奏，或许是戏剧的帷幕刚刚拉开，或许是满载货物的火车准备启程，或许是中央车站的大钟正要报时：未来不可预知。

出电梯，右转，一条长长的水泥过道。过道的尽头，两扇黑漆的门紧闭着，上面似乎用磁铁吸着一排字“梨子时间室”。林芷倒吸一口气，往耳后捋了下头发，敲了敲门。敲门的回声在楼层的过道里延伸。

脚步声从门的另一头渐行渐近。门半开，一个头发银灰的中年白人大叔探出头来，一把握住林芷的手：“下午好，你一定是林芷了，请进。”

这是一个由工厂厂房改造的工作室，格子玻璃铁窗从挑高的天花板一直延伸到一膝高处。春日的阳光十分充足，被分割成方格子扑洒在水泥地上。走到窗户边，放眼望去，陈旧的厂房鳞次栉比一直消失于海湾边，像层峦叠嶂的山川。水面泛着耀眼的阳光，把周围的一切染上一层烟晕，需要眯起眼睛才能看清。工作室的四个角落里陈列着不同材质与形态的模型，大至建筑，小到人像，林林总总。林芷一时眼花缭乱，顾暇不及。

“外面现在很安静，简直一点动静也没有。我们这里也一样。”大叔半秃着头，牛仔裤上撒花样印着大大小小的油漆点，一开口便先定下了基调，一手指向被木板分割出来的办公区域。空荡荡没有人影，只有古老的Windows屏保在一台PC台式机上左右跳动着。“你有听到什么风声没有？别人都在做些什么项目？”

这倒好，我无知者无畏地到纽约来闯荡学习，老先生却先找我打听行业机密来了。林芷不觉有些紧张起来，脸在发烫，想必又红了起来，实在是左右为难不知说什么是好。

“外面也挺安静的。”她喃喃地说。

办公区域的尽头挂着一匹深绿色的帆布，从天花板到水泥地整个罩住。大叔一挥手，大幕落下，一座五光十色的金属模型矗立在瘦小的林芷面前，令她仰视起来一阵目眩。

“这是我们为电影节颁奖晚会制作的舞台模型。”大叔指点着几个结构，语气中浮现出自豪。仔细看时，顶上还真立着一座泛着光泽的小金人。她刚想伸手去摸，大叔盖上了布。

推开隔间的门，这才见到三个小伙子正大汗淋漓地工作着。一个在台锯上分割木板，一个在为模型喷漆，另一个在长桌上剪裁布料。激光锯刀与木头的交互运动产生出巨大的声响，林芷不禁想捂住耳朵，转念一想还是忍忍。自己是来找工作的，怎么好显得怕苦怕累的样子。倘若被这个地方给收留了，还得依仗这群肌肉发达的小伙子干这些体力活呢。林芷走到工作室的一角，看一个精致小巧的木结构被喷上一层光滑油亮的清漆，戴着口罩围着围裙的喷漆人瞪着双蓝眼睛目不转睛地一遍又一遍不厌其烦地上漆。

“没戴口罩不能站在这里。”喷漆人忽然取下口罩，警告的语调把林芷吓得往后退了一步。深棕色的头发像被风吹过的野马鬃，扭曲而蓬乱地朝上挣扎着。那双蓝色的眼睛深不见底，仿佛一潭深水湖可以把周围的一切淹没。他双颊通红，烦躁不安。这不就是那个把自己带到电梯口微笑的外乡人吗，林芷惊讶极了，赶忙从工作车间里退出来。

大叔在办公室等着，见林芷出来，便从模型台下的储藏区里搬出一个小铁箱，用手轻轻抚去上面的木屑与灰尘，箱子上镶嵌的铆钉在太阳的光辉里闪闪发亮。他从箱子里捧起一个圆形金属盘，外形像是微缩版的飞碟，不锈钢材质，表面上纵横着几条深浅不一的凹槽。他将拇指和食指在飞碟表面的槽里一顶，刹那间飞碟往顺时针方向旋转起来，在其下方伸出几条触角来。飞碟越转越快，触角也越来越长，直径也随之长大。几秒钟工夫，一个可供几人吃饭的不锈钢圆桌从箱子里活灵活现地蹦出来，是魔术吗？林芷的崇拜之情洋溢在心底，半天说不出话来。“这是我的第一个作品，好多年前了。”大叔小心翼翼地将桌子逆时针旋转收纳到不锈钢箱子里。林芷不禁遐想那模型室后的储藏空间都藏着怎样的神秘机关。可惜他点到为止，并没有继续秀的意思。

梨子时间室充满着实用和探索的气息，林芷像小孩子在马戏团里迷路般的好奇。只可惜现在没有多少项目可做，又地处布鲁克林离公共交通很远的区域。在内心深处，林芷总是希望能在曼哈顿这个狭长的岛屿上找到一席之地，似乎只有那样才有资格宣称自己体验过地道的纽约式职业生活，多少是有点虚荣心在作怪。从曼哈顿到布鲁克林，从长岛到新泽西州，马不停蹄地挤地铁和乘火车的经历让她感到兴奋，也使她对纽约城和纽约人有了更多的观察。比如七号线的乘客多为各个种族的移民，四号线、五号线的乘客多是西装革履赶去华尔街上班的白领。曼哈顿上城区（Upper West Side，Upper East Side）布满高档画廊和艺术中心；曼哈顿中城的时尚区域（Fashion District）是许多服装首饰品牌的设计和生产工作室；曼哈顿下城的华尔街除了金融中心以外，其实还聚焦了不少其他领域的工作；Dumbo地区位于布鲁克林大桥和曼哈顿大桥的桥基下，是许多新兴IT和设计公司的发源地。不少大企业把总部设在长岛，分部设在曼哈顿，如果没有自驾车，往返一趟要折腾个大半天。在纽约旅行是件乐事，可真要立足生存下来却不简单。

经过了形形色色的面试，她对纽约的各个区域和行业略有了解，几个潜在的雇主希望她静待消息，可能过几周再与她联系下一轮面试。林芷意识到不可能在旅馆里住几周，回旧金山又浪费旅费，得开始在纽约做长期驻扎的准备，必须先找一个地方租下来才行。于是买来《世界日报》等当地华人报纸，开始寻觅起纽约的第一个临时住所。

纽约对于林芷来说是一个梦想开始的地方，再苦再累也是值得的。

布鲁克林军港

四

房东与房客

客厅的入口倚墙，摆放着一口浅蓝色的玻璃水族缸，一尾尾的热带黑斑小红鱼在水草中穿梭往来，嬉戏玩耍。曹建明一肩靠着拐杖站在那里摆弄鱼缸，换水、喂食、发呆，一搞就是两小时。餐桌边的柜子上摆放着两盆植物，一盆是文竹，另一盆是富贵竹。文竹青葱舒展，富贵竹扭曲茁壮。一个诗人，一个土豪，并肩而立，互不言语。厨房里飘来炖鸡的香味，把整个公寓蒸得菜香萦绕。

公寓楼离地铁有些距离，因此出租价格相对便宜。林芷寻着报上的地址，从缅街出发，七拐八弯地走了将近十五分钟来到皇后区这幢公寓楼前。

一位高个子妇女开的门，满脸堆笑。短发，身穿一件碎花的棉布单衣，深陷的眼睛，显现出精干老练的模样。眼角由于笑容滋生出两三道深深的皱纹，透露出几分沧桑和辛劳，毕竟是中年人了。

“快点快点，有人来了。”阿姨催促着曹建明，一边迅速收拾起桌上的几只碗筷。

室内暖气很足，曹建明穿着白汗衫，靠在金鱼缸前，慢慢转过身来，视线从金丝边眼镜上沿林芷这边瞅了瞅，用他那不紧不慢的腔调，稍微点了点头。只见一个小女子探头往屋内好奇地张望，细瘦的肢体上，却有一张浑圆的脸，有头重脚轻之感，让他忍不住想去扶一把，生怕圆盘似的笑脸把身体给压坏了。她在他眼里像一只受惊的小动物，在转动轻灵的四肢时刻准备逃跑的同时，却回过头来迷人的一笑，露出像猫咪一样可爱温柔的神情。

“叔叔好，阿姨好。”林芷毕恭毕敬地客气道。

公寓不算大，客厅、厨房和吃饭区域连接在一起，客人来了就坐在饭桌边对着厨房说话。客厅狭窄没有窗户，同时也兼具过道的功能，连通着三个朝南的房间。节能灯的光线幽冷暗淡；挂在墙上的唯一装饰品是一尊木头雕刻的耶稣像，钉在十字架上，拖下了纤长的影子，格外醒目。

“你领林芷小姐去她的房间看看，我马上过来。”曹建明一边对那位阿姨说着，一边放下手中的鱼食，一歪一瘸地倚着拐杖进屋去了。

卧室很小，一席墨绿色的地毯覆盖所有的角落。单人床靠在左墙角，书桌占据右墙角。在床和书桌间只能摆个椅子，再没有多余的空间。还好一面墙上有着隐蔽的半平方米见方的储藏室，可以挂置衣物，存放鞋子。朝南面有扇窗，窗外是阳台，不过阳台的入口在另一个房间。

“这卫生间给你单独用，齐全卫生，现在外面都是合用卫生间的。”曹建明换了件衬衫，扣上了最上端的一颗扣子，从里屋慢条斯理地走出来，一边抚摸着他头顶上稀有的几根发丝，一边向林芷补充说，仿佛证明自己并不是全秃。卫生间干净整洁，浅蓝色的浴帘上布满色彩缤纷的鱼群图案，映衬着四围粉蓝色的瓷砖。唯一不足的是卫生间不在卧室里，得穿过客厅走道才能用。带有单独卫生间的卧室在纽约的租房市场里是非常吸引人的，很多学生和单身白领都与室友合用卫生间和厨房，当然因此引起的纠纷也就在所难免。

这个小房间本来是女儿的闺房，现在曹建明让女儿在大间和阿姨一起挤着住，把小房间租出去，总算在自己不能工作的时段里借以缓解下每月的贷款，也可以分摊一部分花在女儿身上的费用。女儿自是不太情愿，但也没有其他办法。曹建明心想这么多年不在女儿身边，好不容易熬到接她过来，现在又委屈她把房间让出来出租，真是心里愧疚，总得多宠宠她才对得起自己的良心。如果能找到一个规矩的女房客，或许还能与女儿做个朋友，帮助她适应美国的生活，未尝不是一个一举两得的法子。

“你是国内哪里人？”曹建明问。

“上海人。”林芷答。

“喔哟，上海人。”曹建明用上海话回答，“侬上海言话讲得来伐？（你上海话能讲吗？）”

“阿拉是上海人，爸爸妈妈阿爹阿婆也是上海人。夜饭侬欢喜切萨？（晚饭你喜欢吃什么？）”

曹建明若有所思了半晌，忽然眉开眼笑地说：“我们很希望你来住。一方面看你也是上海来的，是自己人，要是福建人、广东人我就还要再想想要不要租出去；另一方面你跟我女儿差不多年纪，可以做个伴儿。”

如果让林芷自由选择，住在人家家里是她最不情愿的事，不但缺乏个人隐私，还得被动接受人家的生活故事。吃饭的时间凑到一起，合用厨房餐桌，实在是不方便。可是如今在纽约这个陌生的城市人生地不熟，林芷首先得找个安全又便宜的地方暂时落下脚，其次也得从和当地人的接触中了解一下这个城市的基本状况。房东是上海人，客气、礼貌，况且不用像正规公寓楼那样查信用签合同来得麻烦，便决定先搬进去住几个月再说。

纽约是一个有许多层的比萨饼，因切开的角度不同滋味也不同；纽约是一只色彩斑斓的万花筒，旋转每个角度是不同迷幻的图案；纽约是秋日里的森林，风吹过去掀开百种层次的红与黄；纽约是兴高采烈，也是愁肠百结。除了找工作面试等必需的生计外，林芷也忙里偷闲把纽约的文化景点一个人慢慢咀嚼过来。好比作一个短时间的滞留者，站在纽约的边缘来打量它，接触它，但又不完全了解它，有丝欣喜，有点触动，像谈恋爱一样。周一早晨去大都会博物馆，人少不用排队，可以轻松安静地沉迷于历史和艺术中，暂时忘却生活没有方向的困惑。平时晚上纽约人都要排两个多小时的队等最热闹的日本拉面馆，而一个人下午四点多去吃碗面，只需径直走进去坐下便可以开饭，而且还很安静。碰巧遇到上下班高峰去挤地铁，看着纽约人各个神态疲倦无可奈何的身影，林芷竟不时有些幸灾乐祸，因为自己与此无关。这种心态她在工作以后才意识到是多么难得。

曼哈顿上东区闻名遐迩的古根海姆博物馆，建筑大师富兰克·赖特的杰作，展馆的白色环状堆叠造型，具有雕塑的美感。布鲁克林西面的威廉斯堡，年轻的艺术家们不分昼夜地狂欢走秀，跳蚤市场各种复古风翩翩起舞。新泽西州美式足球大都会人寿保险体育场，运动员们身穿盔甲全副武装横冲直撞，观众们热烈欢呼，烧烤聚餐，宁愿作火车里挤扁的沙丁鱼。曼哈顿切尔西区的空中花园，将旧日里运送肉类食品的庞大高架铁路改造成了精致、幽雅的漫步天堂，一边俯瞰哈德逊河，一边欣赏城市的脉动。西装革履的华尔街，灿烂亮丽的时尚区，嬉皮朋克的下西边，设计新潮的SOHO，闲散欢乐的中央公园。挡不住的能量在纽约的脉搏里躁动，在空气中酝酿，在地铁中扩展，在人潮中蔓延，搅动着林芷那颗年轻的心。

回到公寓里，林芷脱下外套洗漱妥当，曹建明和阿姨便客气地叫她一起吃饭。阿姨炖了一大锅萝卜排骨汤，香菇炒青菜，又买了只唐人街的卤鸭，叫曹建明的女儿丫丫去卧室搬了把椅子过来挤一下。

“来，别客气，多吃点。一个人在外面不容易，要多补充营养。”阿姨说着给林芷碗里夹鸭腿，另一个给了丫丫。

“我自己来。”林芷连连道谢，挺不好意思，一边提醒自己可不能经常这样蹭人家饭吃，毕竟自己没有付伙食费。说话间目光不觉停在了墙上的耶稣像。

“你们信基督教么？”林芷有点好奇。

“呵呵，”阿姨笑了一下，向丫丫眨眨眼，指了指曹建明，“他信，他每周末都要去教堂的。”伴着一丝嘲弄的口气。

林芷望了眼曹建明，他却并不点头应和，自顾自地继续夹菜吃。

“他在国内的时候也是，脑子简单，没被人家说两句就上当受骗了。”阿姨补充道，“是吧？”她朝丫丫撇撇嘴。

丫丫扑哧笑出声来，用手挡住嚼着鸭腿的嘴。

林芷瞬间觉察出空气里一根紧绷的弦，在温暖的饭桌上奏出寒冷的音。琴弦越绷越紧，音调越调越高。

“这附近有教堂吗？”她连忙打断弦音，故作平静地问。

林芷对宗教建筑总是带有某种向往，因为它们的独特和神秘，以及在国内不常见的缘故。刚来美国那会儿，她常被美国人带去参观当地的教堂。吸引林芷的首先是精致而高雅的建筑本身，走进其中，也渐渐被人们的淳朴和热情所感染，跟国内一般不与陌生人讲话的环境很不一样。

“好几个呢”。曹建明说，“有中国人的，韩国人的，西班牙人的，也有混合的。”

曹建明的心里泛出一丝不易察觉的喜悦。自从家里人过来以后，去教堂似乎不再是一件光彩的事，每周日上午参加礼拜多少都背负着家人冷嘲热讽的压力。而今却有人谈起这个让他不愿意在家里涉及的话题，似乎终于帮他找到了把基督像挂在客厅里的唯一借口。家里的温暖饭菜，教堂里的精神解脱，他是多么想把两者结合起来而化成所谓的幸福，却越来越找不到交集。

晚饭后，曹建明回到自己那间连通阳台的卧室里，独自看电视，摆弄音响设备，忙得津津有味。阿姨和丫丫住在另一间带有卫生间的大卧室里，看电视或者上网，直到睡觉。两个房间自顾自生活着，像两个运行在不同轨道上的星球。阿姨包揽了几乎所有家务和照顾丫丫起居的任务，勤勤恳恳，任凭曹建明指挥，俨然是一位尽职敬业的保姆形象。不过她间或对曹建明的冷嘲热讽，倒更像是他的长辈。

“我出了车祸腿脚不灵便，她过来帮帮忙的。”曹建明告诉林芷说。

水中的金鱼来来回回，徜徉于自己的小天地里不知忧愁，也许看着玻璃的反光以为是在海洋里，因此倒也幸福。周日的早晨，阿姨和丫丫出门逛街去了。曹建明一个人坐在餐桌边喝茶。

“林芷，过来喝点上好的碧螺春，国内带过来的。”曹建明说着，向林芷招招手。

“好，那就谢谢曹叔叔了。”林芷礼貌地说。

客厅靠墙是一排浅褐色木质的柜子，推开玻璃移门，曹建明取出陶瓷印花的茶杯和一盒用深绿色手工纸仔细包装的茶叶，斟上开水，茶叶飞舞在白瓷杯里，飘出一缕香味。

“其实我上个月才把太太和女儿从国内接来，她们还不太适应。”他平淡地说着，仿佛在讲别人家的故事，“我和她们分开的时间太久了，都没什么话说。”

阿姨原来是曹太太！可是曹建明之前从来没有提起过，阿姨也表现得如保姆一般尽职听话，倒是对林芷的照顾比对曹更胜一筹。方才想起两人冷嘲热讽的一来一去，也是只有夫妻才做得出来。

“您多久回一次国？”林芷问。

“没回去过。”曹建明摇了摇头，淡淡地说，“国内可真没什么可以留恋的。”

“您的父母兄弟都在美国吗？”林芷问。

“在国内。”他冷冷地回答。

“为什么要等这么久才接她们过来？”原来母女俩竟是有

将近十年没有见过丈夫和父亲了。林芷无法想象，更不能理解这样的日子对于母女俩和曹建明分别意味着什么。异地恋没有强大的精神力量往往以失败告终，何况是跨国并且结婚生子以后？这是一种怎样顽强的信念？一种坚定得可以不顾一切抛妻弃子的信念，一种堪比革命者和宗教徒的疯狂信念。如果知道十年回不了国，林芷一定不会选择出国，否则就等着抑郁症来折磨自己吧。是爱，还是恨？曹建明是如此的平静，平静得让林芷害怕，以至于不敢再继续问下去，只能长长地沉默着。

“办移民拖了很久时间。”曹建明说着，呷了一口热茶，“我几年前才把自己的绿卡办下来。”

曹建明的思绪穿过千回百转的美国奋斗生活逐渐回到了出国前的日子。那时候他在上海的政府部门工作，是人人羡慕的公务员，生活平淡却也幸福。妻子是风风光光的城市白领，女儿才出生不久，他对其疼爱有加。一家三口在上海算得上是小康之家。可是在他平静生活的表面下，却涌动着不安的心。政府部门里遍布各种应酬关系，他却对此毫无兴趣，也不擅长。他喜欢音乐，爱好摄影，经常一个人出行去采风。可在那个年代独特的社会环境里，他的家人不理解他，指责他不务正业，不求上进，更不予支持。曹建明内心苦闷，一心想找机会离开这种生活。

20世纪末的一次机会，让曹建明的生活有了质的改变。这一年单位里有几个名额可以出国考察，主要是从有英语基础的人员中选拔。他对于西方文化一直有所向往，以前虽然没敢想过会有出国的机会，却也坚持自学许国璋英语，这个机会终于被他把握住了。他原本想来美国看看，不久就回去。但是自由王国的意识形态和文化环境像磁铁一样强烈地吸引着这个上海文艺青年。他告诉妻子就熬一会儿，等过两年立了足便把她和女儿接过来享受美国生活。可是他没有想到的是，这两年变成五年，八年，十年，在离计划越来越近的同时，更多的东西正在离他越来越远。他当初并没有抱着割断十年亲情的决心来美国发展，他也从来没有认为自己会在纽约停留这么久，可是生活由不得他的个人意愿。从每个月辛辛苦苦赚一千二百美元没有医疗保险的非法移民到如今拥有了自己的房产和身份，这些日子都是掐指数着熬过来的。他不知道的是，他离开的这些年月里，国内的物质生活翻天覆地增长着，人们的价值观和世界观也扭曲地变异着。唯独不变的，是国人对于美国念念不忘的梦想。就像童话故事里公主和王子结了婚，就拥有了永远幸福生活在一起的完美结局。大家都觉得只要到了美国，梦想就实现了。“你终于还是出国了啊。”国内的朋友这样说道，意味着你的人生终于修成了正果，不用再太担心了。事实却是王子和公主结婚之后会拌嘴，会吵架，会闹离婚。到美国只是一个开始，一个更艰难的开始。这些是他们看不到的，也是曹建明不愿让他们看到的，他宁愿让他们相信，自己确实是梦想成真了。一直这样想着，不知不觉也真觉得自己是熬到头了。

五

职业生涯

时间如白驹过隙般转瞬即逝。自从早春的一个夜晚来到纽约以后，林芷都来不及欣赏公园里日渐繁茂的树丛和依次盛开的鲜花，美丽的夏季已飘然而至。各种各样的派对、演出、展览和社交活动像雨后春笋一样在纽约城蔓延开来。从法拉盛只要坐上七号线地铁，晃晃悠悠地一个小时不到，就可以到达曼哈顿的中城心腹。像庆祝节日一样欢快的纽约人，徜徉在阳光底下嬉戏、玩闹、亲吻，脱下冬日的长衫，换上夏日的翩翩华彩，露出油光滑亮的肌肤，像盛开的向日葵迎着朝阳舒展丰满的花朵，颤动金黄的裙摆；像憋闷在山石下的岩浆轰轰烈烈地喷洒出金黄的热气，蓬勃的能量。毕竟，纽约的冬天是很漫长的。

林芷面试过大大小小的纽约公司，一些公司本来热情接待，一听到将来要办工作签证，都纷纷没有了下文。林芷本来饱涨的积极性日渐消退。这时一家曼哈顿中城时尚区的公司愿意提供实习的机会，甚至还有工资。虽然是低薪，但至少是参与到纽约那红红火火的生活节拍中去了，并且合法身份因此也暂时不会作废。能够自给自足在纽约住下来，是林芷姑娘的第一步计划，在美国如此糟糕的经济状况下，终于还算是侥幸的。在跟她同一届毕业的其他同学里，美国同学大多在做自由职业，国际同学基本回国了，也有几个为了增加就业机会打算在大学里再读一年，一边维持合法身份，一边继续找工作，唯有欧洲的两个同学打算自主创业。林芷是从心里佩服欧洲人，乐观勤奋，还充满想法。

林芷的纽约生活渐渐拉开了帷幕：每天一早步行十五分钟到七号地铁线，与多民族群众一起挤地铁抢座位。法拉盛属于纽约的第二个中国城，清早，中国人就以排山倒海之势占据了站台上广阔的区域。少数的韩国人、墨西哥人、印度人以及罕见的白人，孤零零地三三两两散落在各个角落，插着耳塞，调高音量，借以证明自己还在美国。

这日地铁延时，等了二十多分钟才来了一辆。地铁站台上已经密密麻麻挤满了等候的上班族，就连通往街口的楼梯道上也没有空隙。林芷真担心只要有谁一推就会有几个无辜的人因跌落到铁轨上而受伤，这样的事件不是没有发生过。好不容易挤上去，算是找到了个座位，至少保证了余下一个小时的行程不至于太辛苦。透过人群的缝隙，只见对面一个依靠着男友的女孩，尖长的瓜子脸，额头部分静止而下颚兴奋地左右微微摇摆，像无锡的泥娃娃，用弹簧连接着头部和身子。手指一碰，弹簧上精致的小头顺着自然的频率开心地摇动着，一副满足的姿态，真是拥挤的地铁中难得的一份悠闲心情。林芷身边坐着一位华裔大妈，不停地从上到下打量着林芷，不觉也引起了林芷的注意。她穿着陈旧的运动鞋，鞋带交错并沾满尘土，身穿一件灰色圆领T恤，手上提着一个泛旧的仿制蔻驰肩包，半灰白的头发整齐地在后面扎起来。

“姑娘，你是中国人吧？”她踌躇良久，忽然大声爆出这样一句话来，把林芷吓了一跳。

“是的。”林芷小声回答说。

大妈找到了救星，喜出望外，手掌一拍大腿，说：“哎呀太好了。”

林芷觉得有些莫名其妙，不过依然礼貌地侧着身对大妈做继续倾听的样子。

“姑娘啊，我这回是真的想回去了。”大妈揉了揉眼睛，叹了口气说，“餐馆里的工作是越来越难找了。到处都是关门的店，钱又少，付房租都不够。”她不住地摇着头，继续说，“现在的年轻人吃不了苦。我的小儿子也过来了，在国内被宠惯的。到了餐馆洗碗端盘子做了两周就不做了，说太累了要回去。来一趟美国不容易，就是不肯下工夫。”

“早知道美国是这个样子，我也就不来了。”大妈嘟囔着说，“还是回去好。不过你们学生不一样，可以说英文，到美国人的公司工作，不像我们。读书重要啊。”

林芷一味地听着大妈连珠炮似的说话，一时间也插不上什么嘴，只是觉得在这人山人海的地铁里听人家大声说私事，很有可能被周围的中国人听懂了，实在是不好意思，只低着头不想接触旁观者的目光。

“现在房租涨得厉害，几个人合租也住不起，还要交水电费。每个月的交通费也要一百多，还要涨，美国人心太黑。”大妈边说边喘着气，担心林芷在半途下车而来不及听完她的故事，急急忙忙地要和盘托出。

这时候站台上塞进来三个弹着乐器唱着歌的墨西哥人，兴高采烈咿咿呀呀地把地铁里死气沉沉的氛围给打破了。纽约人爱见不见，连头也不转，倒是几个旅行者模样的人，鼓掌起哄争着往其中一个人手中的皮帽里扔硬币和纸币。墨西哥的朋友曾经告诉过林芷，说这些演唱者的水平实在是低得不行，只有不懂西班牙语的人才觉得好听。大妈一时被打断，悻悻然停歇了一会儿。

林芷几天前读到华人报纸上的一条头版消息，说是蛇头把偷渡的中国人关在两艘船里。结果船翻了，死了一百多人。据说每个偷渡者都要支付蛇头四五万美元才能踏上去美国的征途，而这笔钱通常是穷人靠民间借贷来解决的，于是最初在美国的五六年间这些非法居留者只能到处打黑工来还债。因为没有合法的身份，他们遭受着非道德地剥削，一天工作十几个小时，并拿着低于美国联邦政府规定的最低工资，更不用谈医疗保险。不会讲英语和没有身份，永远限制着他们在美国去自由地把握生活。林芷有一次问曹建明中国城有多少非法移民，曹建明打了个比方说：“如果你扔一把石子出去砸到十个人，那么有九个是非法的。”林芷一直不相信会有这么多，可是也找不到怀疑的依据。她想着不禁打了个寒战，这位大妈不知道是付出了多少辛酸才来到美国的。可是对她来说，美国跟想象中的太不一样了。

“我这里要下车了。”林芷有些不好意思地通知大妈，生怕她之后找不到说中文的人又孤单起来。

“谢谢你，姑娘。”大妈粲然一笑，满脸的皱纹像是一朵盛开的花，洋溢着满足。

瓜子脸女孩依然微微地摇着头，半眯的眼睛烘托出两颊上圆圆的红晕。

公司位于曼哈顿中城的时尚中心，占据着大楼的两层。下层是办公场所，上层是新产品展示厅。办公区呈开放式，低矮的玻璃隔栏，所有人的行动一览无余，只有老板的办公室是封闭的，通常关着门，没有人知道其中的状况。设计研发部的位置靠沿街的大玻璃窗，拥有较好的采光和视野，同事之间也只以宽大的电脑屏幕作为区域的分割。生产部的女工一排排整齐地坐在办公室后面的大车间里，弯着腰、低着头，就着台灯耀眼的白光，有的缝制着手中的衣服，有的在首饰上镶嵌着宝石和水晶。销售部门的几个女子坐在办公室另一个角落，不停地打电话接单子，嘈杂得很。生产部里清一色的亚洲人，只有研发部有几个外国人。

林芷的办公桌靠近转角的窗户，不仅可以清楚地看到对面楼层车间里工人裁布打样，甚至能够依稀分辨在几个街区以外的公园里发生的种种趣事。窗子是一整块宽敞的双层大玻璃。纽约的冬天很冷，因此窗和门的玻璃都是双层，不使出浑身解数是很难打开的，特别是像林芷这样瘦弱的小女子。偶尔需要打开透气，也还得麻烦邻座的法国珠宝设计师帮忙一同抬起这结实的厚玻璃。林芷初次见这法国男生，倒是吓了一跳。原来那个带着浓重鼻音的布鲁克林蓝眼睛，不知道什么时候也搬到曼哈顿时尚区来了。林芷想起他当时那张愤怒的红脸，不禁窃窃地笑起来。转念又有点担心，据说法国人都很挑剔高傲的，还是要小心为好，不要被他认为中国人没涵养。“我叫文森特，来自巴黎，咱们又见面了。”他礼貌地跟林芷握了握手。小个子，深棕色的头发下却常常红着脸，时而愤怒，时而腼腆地微笑，时而大声嚷嚷为什么美国放这么少的假。他每天上班至少要迟到半小时，大家都管他叫愤怒的croissant（法国牛角面包），这时他总是咧嘴一笑。

这厚重的玻璃分隔了里外，不管外面是风花雪月还是华尔街运动，室内并不能感到丝毫变化，因此与电影屏幕也没有多大差别。林芷在电脑前坐久了，总有些腰酸背痛。这时靠在窗沿边，俯瞰楼底街道上忙碌的人们推着挂满样品服装的长衣架横冲直撞，时而有集装箱大货车前来运送成品。待到每年几次的服装饰品商展季节，各色货车横七竖八地占有了大半条街道，加上美国快递公司（UPS、FedEx等）的小车不断装卸货物，这里简直就是一条奔流不息的物品河流，匆匆行走在路上的人们正努力撑桨摇橹竞争上游。遥望远处的布莱恩公园：夏天有免费的百老汇歌舞表演，人们花花绿绿地躺在草坪上吃午饭、晒太阳、听音乐；冬天营造出大面积人工冰场和五彩缤纷的圣诞节小店铺，人们或急或缓地在溜冰场上画出各自的图案。夕阳西下也是一道风景：一边是绛红色的斜阳落在苹果机的宽屏上很是令人分心；另一边是帝国大厦在光影中渐渐淡出，就像老照片泛了黄逐渐模糊。等到华灯初上，大厦点上每天色彩不同的霓虹灯在夜空中挺立。独立日是红白蓝的美国国旗色，中国春节是红黄两色，犹太圣光节是蓝色与白色。让人从中似乎能品味出一丝美国精神的余晖来。

生产部的领班是公司里工龄最长的员工，大家亲切地叫她兰姐。林芷第一天到工厂部实习就坐在她的身边由她管教。兰姐戴一副厚镜片眼镜，往后利索地扎个发髻，躬着背趴在缝纫机和一堆五颜六色的料子后面穿线。身边的墙上挂着她钟爱的菩萨像，每次午餐吃素后都要对着菩萨像闭眼静思几分钟。听大家说兰姐去年一年都没有迟到过，唯一的请假是去寺庙上香，因此年终的时候还得到了老板的特别奖励。不过话说回来，公司带薪休假如果不用完年底会返现金，兰姐也很在乎这

曼哈顿中城布莱恩公园

点，因为她的儿子在读大学。

“这工作老了就做不动了呀。”兰姐边说边在缝纫针下移动着手中的布，“腰也直不起来了，背也很多问题，反正各种毛病都跑出来了。”

兰姐虽然抱怨着，但似乎又挺开心，冲着林芷笑了笑说：“你是什么学历呀？”

“硕士。”林芷回答说。

“哦，我看你在这里肯定待不长的哟。”

第一天实习被人这么一说，林芷有点疑惑，也不禁更好奇地想了解这个公司与行业的里里外外。一周以后，她方才体会到兰姐的话，眼睛因为长期盯着细节而累得直想流泪，手酸背疼，确实是坚持不下去了，幸好被研发部总监南茜小姐救命似的调回了材料部。显然她只是想让林芷尝尝当工人的滋味，顺便了解点生产流程与工艺。林芷却是从心里佩服兰姐的毅力。

南茜小姐纤长的个子，穿双高跟鞋，一头乌黑的头发，很安静的一个人，却常常写出惊艳的作品来。她虽是研发部的总监，上班时候话不多且有点严肃，下班之后却判若两人，喜欢带着一群实习生到曼哈顿各处的餐馆和展览去尝鲜猎奇。她来自新加坡，据说和一个英国诗人有过一段可歌可泣的爱情故事。自从英国人返回曼彻斯特以后，她就一直单身到现在。四十多岁的白领女精英，却有一颗孩子的童心。

纽约是时尚世界的中心，潮流转瞬即逝，品牌五花八门。不管你是享誉全球的时尚界领袖人物，还是自娱自乐的手工艺人或艺术家，都能在其中找到一份属于自己的天地和追随者。南茜小姐很是喜欢林芷善于捕捉光影与色彩的眼光，林芷也喜欢观察纽约各色的人物，不同的种族，各异的穿着打扮，各种的有趣个性。她经常一个人坐在公园里发呆，看过往的人群摩肩接踵、姿态万千而产生无数灵感。

有一次，快下班时，南茜小姐神秘地问林芷："林芷，你想不想去参加一个很特别的聚会？"

"什么样的聚会呀？"林芷问。每次得到聚会的邀请，林芷总喜欢先弄明白多少人，什么地方，什么样的主题。纽约的活动真是太多了，自己又偏偏是敏感害羞的性格，总要避免了尴尬才好。有时候她也怀疑喜欢安静独处的自己是不是来错了地方，可是内心总有个微小而倔强的声音偏偏要去凑热闹看风景，拿她没办法。

"有几个我的朋友一起，可以认识到很有意思的人物哦。在曼哈顿上西区朋友的公寓。"

"好吧。"毕竟是在纽约了，只好入城随俗，那些"不要和陌生人讲话"的国内教导在纽约这样的城市里是不适用的。

下班后，南茜的朋友开车来接。司机是一位台湾摄影师，穿着背带裤，打着精致的小领结，胖墩墩的身材，笑容满面地半鞠着躬，打开车门让女士们先上车。

曼哈顿上西区汇聚着纽约的艺术家、知识分子和明星。东边是绿荫满地的中央公园，西边是著名的哈德逊河。附近的林肯中心是全世界最大的艺术会场，演绎着丰富多彩的人生悲喜剧。当年甲壳虫乐队的核心人物列侬和大野洋子的浪漫爱情故事也发生在这里，至今在中央公园里还有他们的歌曲《想象》（Imagine）的纪念处，不时有人献上花朵。林芷虽然认为自己永远都不可能有机会融入到这样的环境里来，却十分喜欢这里的氛围，有空会过来走走，并盼望有朝一日可以到林肯中心看演出。

小轿车往北行驶在百老汇大道上，沿途是高低参差、历史悠久的公寓楼，楼面的浮雕古典繁复，映衬着清冷的月光，带有法国巴黎美好年代（Belle Poque）的格调。林芷出神地仰望着楼群，忍不住扭头朝后视窗停留。几所高档公寓开着灯拉起窗帘，可以看到里面的精美布置：窗台边的多叶植物蜿蜒生长，落地灯的暖光洒在沙发的靠背上，墙上的壁灯与油画交相辉映，像一个个小型的私人博物馆，犹抱琵琶半遮面般向路人召唤。

车子进入右边较为安静的侧街，缓缓停在了一幢现代的公寓楼前。璀璨的水晶吊灯从高挑的大堂雕花天顶上垂下，闪闪烁烁光影迷离，像一朵变幻莫测的云，明黄与湛蓝羽毛的手工小鸟在其中若隐若现，仿佛在躲闪行人的视线。大楼里外的男女进出西装革履。身着笔挺制服的门卫戴着高耸的帽子，站在一座金色的小桌台后微笑致敬，让人联想起《胡桃夹子》的芭蕾舞剧。

“请跟我走。”门卫接了个电话，走向南茜和林芷，礼貌地半鞠着躬。

“谢谢。”顺着他引领的走廊，电梯的门开在面前。

“劳驾。”一位娇小的金发中年女子向林芷笑了笑，樱红的嘴唇配着大红的丝绸袄子。她牵着的棕毛小狗耷拉着大耳朵，腿特别短，一摇一摆地踏着细碎的步子紧跟着她出来。

电梯里有四面镜子，林芷禁不住向其中一面望去：厚重的黑镜框是书法里炯劲有力的线条，镜脚上珍珠银色的金属标志在扭头的瞬间反射出朦胧的光泽。一双黑色的高跟鞋擦得极亮，衬出细瘦而白净的双腿。一不小心触碰到了别人的眼光，林芷赶紧低头收回视线。

电梯门开了，不是要去的那一层，是有人按了按钮却又走了。抬头看去，可以依稀瞥见走道尽头的蔚蓝色游泳池和一边的几把竹制躺椅。

开门的男主人名叫乔，他珠光宝气，手指上戴着三个金光闪闪的水晶与宝石戒指，眼镜边上镶嵌着翡翠与红宝石。他的声音轻柔和善，盛情拥抱并亲吻着登门的每一个客人，并给每个女性朋友准备了一朵棉布花朵发夹。大家纷纷选择自己喜欢的颜色别在头发上，派对开始了。

林芷心跳加速，停在通向客厅的过道里，不好意思往里面再进一步。过道的两侧，高耸的书架陈列着男主人的所爱。是什么书呢？定睛一看，不是书，是一片芭比娃娃的海洋。从粉红色的小女生，到袖珍明星像，再到珍藏版人物，都锁在书柜里。一张张妩媚俏皮的脸，在镭射灯下对着客人们摆出种种的姿态。到场的女孩子们都兴奋不已，纷纷驻足不肯入座。乔也特别高兴，用钥匙打开柜门，捧出一个个娃娃与大家分享，一阵阵女孩子的惊叹声和手机拍照的声音在公寓里此起彼伏。

进入客厅，林芷的视线一下子被墙上的手工大钟所吸引。表盘上的十二个数字是十二件设计别致的粉红色小衣服，每件衣服上坠着一颗施华洛世奇水晶，一件件挂在墙面上，组成一个大圆。中心的木指针也被染成粉红，慢慢地走动，为时间画上颜色。原来不少客人已在她们之前到达：骨感高挑的黑人女模特，休闲舒展的白人建筑师，小巧淑女的中国珠宝商，西装笔挺的印度金融家，羞涩腼腆的哥伦比亚音乐人……乔招呼完客人，隐退到厨房里开始忙活起来。先做五彩缤纷的水果蔬菜沙拉，然后是香气四溢的烤肉串和甜润剔透的苹果派。他的男朋友坐在沙发上，项戴一串乔亲手制作的翡翠水晶链，开始眉飞色舞地讲起他们从相识到相恋的故事来。

曼哈顿上西区的空气中涌动着开放、热情和灵感。两位男主人用精美的烹饪和动听的故事把一群客人照顾得无微不至。在厨房里满头大汗地工作完毕，乔也加入了大家的侃大山阵营。原来他是纽约著名的时尚设计师，意大利的时尚杂志《Vogue》上刊登过他的作品。他在小巧的公寓里挤出一间阳台大小的空间来做工作室。绫罗绸缎、水晶珠宝、金属配件以及工具器械堆满了这个魔幻的空间，每一只橱柜里都储存着

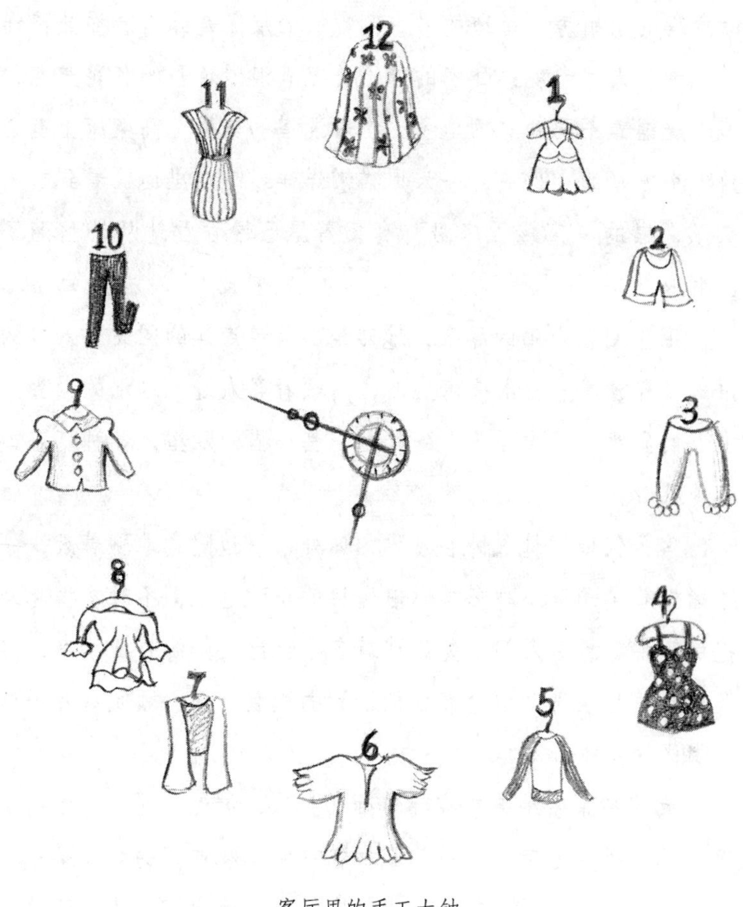

客厅里的手工大钟

一堆宝藏，每一把抽屉里都收拢着一个秘密，只等着被他变戏法，展现出最耀眼的瞬间。

穿过精巧的工作室回到热闹的客厅，旁边是贴满彩色瓷砖的紧凑的小厨房，过道的另一侧唯一的屋子是卧室。乔热情洋溢地带领大家参观：卧室的墙上是充满浪漫色彩的各种布艺，地上叠铺着不同款式的地毯，有着混搭的美感。高架床上有无数大小方圆的小枕头，一只黑猫懒洋洋地睡在里面，看到有人来了，喵的一声跳下床沿，高扬着尾巴慢吞吞地从墙角溜了出去。

卫生间在走廊的尽头，地砖是蔚蓝色海洋的图案。入口的角落里停放着一艘木头海盗船，引领着客人进入这水的世界。主人们显然很喜欢猫咪，到处是瓷制小猫的雕塑，各种姿态，各种风情。

客人们慵懒地斜卧在沙发的四处，一边随意地聊着天，一边捕捉着屋子里多种多样琳琅满目的小玩意儿，不时拿捏起来把玩一番。男主人们争先讲述着各个芭比娃娃的收藏故事，以及哪个明星在表演中穿着他们设计的服装首饰，顺便八卦下这个街区的其他名人。

女模特亲密地倚靠在建筑师的身边，俨然一对热恋中的情侣。她那巧克力色的纤长细腿搁在一侧，在昏黄的客厅落地灯边，套在贴满金属小钉的高跟镂空鞋里，透出脚指头上明黄色的油彩，闪闪烁烁。从广州移民过来的中国珠宝商李小姐，脱掉厚重的长外套，一袭深紫色丝绒绣花旗袍贴身。她无限赞叹着女模特儿那优雅的长颈鹿姿态，感慨自己“发福得连旗袍都要塞坏了”。建筑师在侃侃而谈的间隙，不时地跟女模特亲吻一下，十分自然随意，好像在自己家里一般，进而继续传播纽约的先锋活动和艺术潮流。印度金融家也是谈话高手，和建筑师一来一去，虽然不是一个领域，却也如打球般礼尚往来，有急有缓。印度人虽然带有口音，但是从小接受的是英式教育，因此在融入美国的大环境中比东亚人更胜一筹。东亚人的英语普遍不是强项，也没有经历过美国人从小到大对于演讲口才的积极培训，因此在公众场合，往往难以成为主导话题的中心，常常是扮演颇有耐心的倾听者身份。

“想当初我妈第一次看到他，就一把拽住我，悄悄地说：‘如果你让这个人溜走，我就打断你的腿。’”趁乔去厕所的时候，他的男朋友偷偷地告诉大家他们的往事。大家都笑得厉害时，乔一脸无辜地走过来，问：“他又说我什么坏话了？”

客人被男主人们的笑话逗得前仰后合，高脚杯中的葡萄酒摇曳荡漾，蓬勃欲出；手指上的珠宝首饰微微颤动，熠熠生辉；老钢琴里余音袅袅，蜿蜒迂回；单反照相机亮光闪闪，咔嚓咔嚓默默不语的台湾摄影师在不知不觉中已将最精彩的瞬间记录下来。

这时候林芷接到了一个电话，是曹建明打来的。

“林芷，你怎么这么晚还不回家？在做什么啊？”曹建明嘘寒问暖。

“我跟朋友一起呢。没事的。晚点就会回来。”林芷虽然表达出感谢关心的语气，可是总觉得只有父母在她小的时候才有资格如此管束自己，似乎又退回到青少年缺乏独立能力的时期，不由得产生一种厌恶的情绪。本来是不远万里到美国来追寻自由，现在莫名其妙又被管制住了，真是心里憋屈得很。

她回想起第一次去曹家的情形，大门右侧从上往下有三把大锁，开门需要大费周折。首先要分清楚哪把钥匙管哪把锁，其次每把锁的转动方向、角度和次数又有所不同，也不知道是故意还是有意。好多次林芷困在开门这个步骤时，都是室内有人听到声响之后从里面开了门。曹氏夫妇俩不在家里的时候，总是各自把自己卧室的房门锁起来，不知道是为了防林芷，还是为了防彼此。于是林芷不管出门或在家，也常常把自己的屋子锁起来。不过她也知道，曹建明一定也有她房间的钥匙，如此只不过是摆明一种姿态而已。她顺手把手机关掉了。

林芷庆幸自己在毕业之后的三个月里找到了一个可以拿钱的实习工作。按美国法律规定，如果三个月内不能落实就业问题，就得卷铺盖回国了。现在有一个新的问题，即必须在毕业后的一年之内把自己的身份从学生签证转换成工作签证。如果不能办成，一年之后就会落得非法滞留美国。这可不是一件容易的事，不仅要公司同意财力支持申请，还得为律师准备材料，并且每年都有一定申请人数限制。申请的人通常都比指定人数多出许多，最后只能靠电脑抽签决定去留，因此林芷很有危机感。虽然每日里都被这工作签证的事情牵动着神经，但因为目前仅为实习生，因此并没有资格向公司申请。只有努力工作，等有机会把自己变成正式员工以后才行。在纽约做实习生并不是件轻松的事情，除了满脸堆笑地接受正式员工最不喜欢的任务之外，常常还被使唤出去给经理或客户买咖啡；其他像买办公室材料，拿样品给客户，从客户处取材料等需要跑腿的工作，也会落到实习生的头上。

公司为了省钱，没有请清洁工，倒是制作了一个值日生的表格贴在冰箱上，员工每半个月就要轮到一次打扫卫生。擦窗擦玻璃，吸尘器清洁地毯，洗刷厕所，清洁厨房，整理冰箱，把自动洗碗机里的碗和杯子收回到橱柜里，把废弃的硬纸板盒切开压平堆叠捆扎起来等。这里的员工都习惯了，毫无怨言地早晨提前来到公司打扫卫生。

这天轮到林芷擦展示厅的橱窗。一大清早展示厅非常安静，没有一个人，只有玻璃橱柜反射出金光闪闪的服装和首饰样品。这时候销售部门的中国女生吉雨也上楼来了，以为今天是她的值日。俩人一阵唏嘘后，便决定一起劳动做个伴。

“这边会帮忙办工作签证吗？”林芷忍不住问道。吉雨在这个公司已经工作了一年，而且也是从国内来美的留学生。

“办是办了，别提多抠门了。我跟你讲，你可别告诉别人啊。”吉雨压低声音说，顺便打量了下周围。

“嗯，你说。我也想等机会申请呢。”林芷回答道。

“本来按规定说应该是公司出钱的，老板说没钱要我自己出。”吉雨撇撇嘴，继续说，“将近六千美元呢。不过现在愿意支持你申请的公司没几个，小公司都是这样的。法律规定基本工资高于一个水平才能有资格申请。但是你知道，这边工资这么低。”吉雨愤愤然说道。

林芷并不知道正式员工的工资，但也不好意思问，在美国随便问人家工资是非常不礼貌的。

吉雨又说：“老板为了拖住我，说他愿意名义上帮我申请，还答应把我工资单上的数额改高一倍，但条件是要我自己把另外一半钱和多收的税一起私下里还给他。这样我的收入比原来还少，每个月都不够用了，还不能辞掉工作，感觉跟奴隶没什么两样。”

林芷并不能完全理解这种心情。为什么非要如此卑躬屈膝地做二等公民？可是如果不这样窝囊地办工作签证，在美国就没有留下去的可能。每个人都想在纽约干一番事业，毕竟来一趟美国不容易，那就只好先屈尊了。

“你打算以后申请绿卡吗？”林芷问。工作签证几年后终归是要作废的。

“我要申请绿卡我就烂在这里了。”吉雨带着讽刺的语气，瞪着大大的双眼，往后狠狠一甩头发，把高跟鞋当作乐器一样踩出踢踏的节奏来，“不但自己要花将近一万美元申请费律师费，公司表面上是出钱，实际上一文不出；还得在这个地方待上六七年等排期。期间不能换工作不能被炒鱿鱼，否则只好从头交钱从头排时间。”

“什么是排期？”林芷忽然觉得自己什么也不知道很不好意思，看来前面的路途并不简单，有很多地方需要去学习。

“就是你现在申请，但要等到六七年后才能得到批准。因为中国申请的人太多了，美国政府机构办事效率又低，依次排队也要等很多年。换句话说现在被批准的人都是六七年前递交申请材料的。”吉雨停下了擦拭的动作，专注地看着林芷，说，“那天老板问我要不要办绿卡，我说没钱，老板说他愿意好心借给我帮助我。我才不干呢。我好歹也是个美国的经济学硕士毕业，工作难找现在暂时在这里做个销售。如果我借了他的钱，凭这点工资不知道要多久才能还清，又要死心塌地在这里工作六七年直到拿到绿卡。他不就是明摆着想把我往圈套里引并且榨干我的劳动力么？把青春出卖去换张绿卡？”

“其实回国没什么不好，还能活得更自在，没有这种签证身份的问题纠缠不清。不过就是不甘心，好不容易出来，想趁年轻在外面闯一闯，圆个出国梦。不知道外面是什么样子总得亲自经历之后才能有话语权，别人说得天花乱坠像《欲望都市》、《绯闻女孩》一样，或者说得孤苦伶仃像偷渡客一样，那都是他人的经过修饰的故事，不能相信。”吉雨无奈地笑笑，擦完了最后一面玻璃。

林芷听着字字有理，却并不知道自己应该怎么办，只觉得阵阵头晕目眩。还记得小时候跟父母一起看电视连续剧《北

京人在纽约》，开篇便说“如果你爱一个人，就送他去纽约，因为纽约是天堂；如果你恨一个人，就送他去纽约，因为纽约是地狱”。真的，纽约是欲望，是挣扎，是心潮起伏，是不甘寂寞，是探险家的乐园，是梦想者的摇篮。可以成功，可以失败，但不可以平庸。

六

曹太太

自从来美国以后，林芷为了求学和工作辗转各地住过不少地方，阳光灿烂的加州西海岸，广阔的中西部玉米地，直到东部川流不息的繁华大都市。一个人独居，跟人合租合用厨房，借住在美国人的家庭里，各种形式都尝试过。住在别人家里不比自己家，多少总得带些客气的成分。融洽时自然是好，可是抱怨也不好意思公开说出来，时间久了憋得慌。跟陌生人合租可以住在比较好的地段而节省开销，不过合用生活区域会导致各种复杂关系的产生，或者是彼此意见越来越多最后不欢而散，或者是成为亲密无间的好朋友。若是意见相左剑拔弩张徒生闷气，自然是令人煎熬；若是真成了形影不离的朋友，因为都是暂时租房子的原因遇到一起，不久也会各自奔向新生活，

留下叹息。一个人住自然是孤独了些，却简单而自由，但也有与世隔绝不思进取的危险。对于初来纽约闯荡的林芷来说，独居更是支付不起的一笔大开销。

晚上，隔壁房间里传来电视的声响。林芷睡不着觉，躺在床上翻来覆去，思绪漫游在无边的苍穹里，笼罩在幽幽向下渗透出的淡蓝色光芒之中，不知道哪颗星是自己前进的方向。唯有那漫漫的银河，笼罩着群星灿烂，仿佛是人类的历史，浩浩荡荡铺展开来，像一席画卷，讲述着无数远去的故事。当初她从盘旋在纽约天空中的飞机俯瞰，整个曼哈顿是多么渺小而纤长的一个岛屿，帝国大厦在岛中孤零零地讲述着大都市的辉煌与心酸。这么小的一个岛，却又是这么大的一个世界！一个人在这个岛屿上的奋斗与挣扎，相比之下，又是多么微不足道，只是浩瀚银河中一颗极小而暗淡的星。

隐约传来房东夫妇说话的声音。林芷方才从想象中抽回身来，跌入现实世界里。渐渐地声音越来越响，说话变了味道。林芷的房间在他们两个的卧室之间，可以听到曹建明和太太互相开了门在过道里争执，愈吵愈凶，声音很大。林芷屏住呼吸，光脚溜下床，踮着脚尖悄悄地走到门口，把卧室的门从里面反锁起来。

“你一定有事情瞒着我，别以为我憨头憨脑不晓得。”曹太太怒不可遏地说，“这么多年的时间，谁知道你都在干什么？”

“我又不是来这里享清福的！”曹建明反驳道。

“我不要紧，你连女儿也不管？”太太质问着，开始啜泣。

“我这不是在帮你们办绿卡么？”曹建明声音软下来一些。

“你还不是把钱都藏起来，不知道用到哪里去了。”太太继续说道，“真是后悔过来，好端端地把体面的工作辞了。”

“叫你学英语你不学。好了，现在没办法了吧。”曹建明抱怨着。

一阵沉寂。

“我都五十几岁的人了，学什么学。”她喃喃自语，声音低低地陷下去，像投入水中的石块，沉甸甸地直往下坠。

曹建明忽然大声叫嚣起来：“反正你也不想跟我一起过！”

曹太太呜呜地哭了。

过了半晌，声音渐渐轻了点。两个人又低声说了会儿话，各自回了自己的房间，关上房门。隔壁传来洗手间里水龙头哗哗的流水声。

已经是后半夜，林芷难以入睡，便索性在床上坐起来，靠着枕头，看着窗外。对面是同样结构的公寓楼，一排排火灾逃生梯歪歪斜斜地在红砖的墙面上画出几何图案。灯大多熄了，家家户户都已入睡。一轮细长的月挂在楼与楼的空隙处，发出冷飕飕的光。空气中飘来一阵浓烈的烟味，林芷用手掩住嘴忍住不让自己咳出声来。这时一个黑影投射在她的窗帘上，半偻着背，前后来回踱着步子。林芷掀开窗帘的一角，仗着室内黑外面看不清楚而大胆向外张望：是曹建明一个人在阳台上吸烟。烟雾一圈圈地漫进林芷的卧室。这时候关窗也不行，会发出声音，也更不能跟他提可不可以不吸烟，否则好像就暴露了自己偷听吵架的经过。于是林芷回到床上静悄悄地待着，省得第二天见面尴尬。想着对面楼里的那么多人家，在这安静祥和的月光浸润下，是否也拥有一颗不安的心?

曹建明和太太在半夜里的争吵逐渐演变成家常便饭，不过白天在林芷面前他们却仿佛是什么事情也没发生过的恩爱夫妻。三口之家共同做饭吃饭，女儿牵着父母的手臂逛街，节假日时还邀请林芷一起外出派对庆祝，俨然一副幸福洋溢的样子。

生活就是如此般戏剧。林芷虽然住在曹建明的家里有几个月了，熟悉了每个人的言行举止，却不清楚谁在谁面前戴着怎样的面具。看上去和谐美满的家庭，却似乎像一艘漂浮在深海中心的小船，没有人能预料这风浪什么时候、会从哪一个方向来临。而林芷只是这船上的一个乘客，只好任凭天气的任性和船长的决断，没有任何话语权。

曹太太赋闲在家，总是郁郁寡欢，脸上的黑斑似乎又多了几块。林芷自告奋勇提出要教她学英文，只是她并没有多大信心，提不起精神。林芷在美国读书的时候，也有一些中国学生把自己的太太从国内接过来陪读。虽然她们暂时找不到工作，但是年轻有足够的精力，通常都会抓紧时机提高英语并申请个专业在美国进修，两三年后拿到毕业证书就可以在当地找工作了。然而横在曹太太面前的路，似乎有千百回的曲折。她当初千呼万唤等来的那份重逢的欣喜与赴美的庆贺被日复一日的无奈和孤独逐渐吞没。她对这种中年时期被社会不认可、被人群孤立的状态虽然也曾模糊地想象过，却根本没有亲身经历来得彻骨。唯独欢笑快乐的女儿是她最大的欣慰。看到女儿每日从学校回来的身影，她有时候真的很羡慕，甚至有一丝嫉妒，希望自己回到那个读书的岁月，一切的问题似乎都可以迎刃而解。

纽约和其他的美国城市不一样，这里有庞大的华人社区，不会说英文而在这里生活的中国人比比皆是。从曼哈顿的唐人街到皇后区的法拉盛有华人自己经营的直达公交车，每天运送着务工的中国人来回穿梭，自成体系。这些华人鲜有乘地铁到纽约其他区域活动的机会，也害怕走出华人的圈子。而普通美国人除了旅行者去华人区猎奇，资深食客去中餐馆饱餐之外，很少有人知道唐人街到底是怎么一回事。绝大部分美国人只知道中餐馆里最著名的左宗棠鸡和幸运曲奇（Fortune Cookie），而这些食品也仅仅只有在美国的中餐馆才找得到。

曹太太虽然是上海白领，在美国不会英语没有美国学历就相当于内地去上海的打工妹，没户口没文凭，说话还带口音。上海人看到不由得说一句“伊拉是乡下人”，一股你们永世不得翻身的姿态。曹太太其实并非找不到工作，只是没有称心的。去饭店洗碗刷盘子太累做不动，当中餐馆服务员又觉得有损自己白领的脸面，说不出口，更何况遇到老外也不会用英文招待。高不成低不就，悬在半空中没有着落，按照上海人的说法真可谓是飞机浪吊大闸蟹，悬空八只脚。

这天上午，曹建明到教堂里做礼拜去了，曹太太在家里洗衣服打扫房间。林芷注意到最近一阵子曹太太很少在家里，晚上又回来晚，周末也如此，想问问到底发生了什么事。

“阿姨工作的事情办得怎么样了啊？”和平常一样，曹先生不在家里的时候，林芷和曹太太经常拉拉家常。

“还好，我现在在帮助照顾残疾人和老年人的生活。”曹太太回答说。

“您是怎么找到这个工作的？”林芷问。

“通过一个中国人的组织。他们帮我安排的人家。”曹太太笑笑，显示出终于有事可做的喜悦。虽然说不上满足，但总算是心里踏实了。

到美国来做家庭护理员是曹太太完全没有预料到的。本以为丈夫在这边有房有车又有美国绿卡，过来虽然需要暂时适应下环境，但大抵上下半辈子是可以享福了。曹建明在电话里描述的时候也做了保留，着重渲染了美国教育对女儿的好处，福利对整个家庭的保障，对可能会遇到的困难轻描淡写。他最怕的就是老婆回心转意不把女儿带过来，如果这样，他多年来处心积虑的经营就落空了。女儿只要能过来，一切就都好办。

曹太太心里想念国内的光景，闲下来时在自己屋里常跟女儿絮叨。曹建明偶尔进母女俩的屋，得像客人一样敲门，脱鞋方得入内。这间卧室带卫生间，因此母女俩一天不出门也是有的。曹太太的电话一打就是很久，幸好从美国打国内长途电话有很便宜的电话卡买。她心里牵挂一个人，这是她和女儿的一个共同秘密。

男人总是难以抗拒女人的投怀送抱，女人常常难以拒绝男人的呵护照顾。虽然曹太太名义上是有夫之妇，她在国内的生活其实就相当于单身母亲。在上海这样的繁忙都市，上有老下有小，压力不言而喻。于是这样一个男人出现了。他是她的邻居，在丈夫建明不在这个家庭中的那些日子，他扮演了一部分丈夫和父亲的角色。这也许是偶然，也可能是必然，没有他，也会有其他男人。曹太太虽然嘴上不说，心里却是喜悦的。她的依恋从虚无缥缈的建明那里，终于落到了一个实实在在的男人的肩上，触摸得到温度，呼吸得到气息。爱情到了她这个年纪已经像远去的飞鸟一样迷失在云际，而一个可靠的臂膀却比什么都来得重要。她不禁嘲笑起自己年轻时候所谓的爱情，男人的激情与冲动，也许只是找个女人繁衍后代的自然本能而已。爱情是什么？只是一个幌子，一个男人编织女人轻信的美妙谎言。当年曾幼稚地坚信爱情，如今看来却是轻信了甜言蜜语。可是女人过了大半辈子，在这人生地疏的地方，又有什么可以期盼的？幸好还有女儿在身边，女儿是她唯一的依靠和指望。只希望她将来不要走自己的老路，被男人牵制住自己的人生。

曹太太一边把洗衣机里的衣服拿出来塞到烘干机里去，一边问林芷："你有亲戚在美国吗？"

"没有。"林芷说，"就自己一个人，从零开始，自力更生。"语气里带着一丝豪情。

曹太太却心生怜悯，客气地说："有时候下班太晚来不及做饭就在我们这里一起随便吃吃好了。"

"不用不用了。"林芷心中感谢，却又觉得更不好意思蹭饭吃了。

林芷从理智上告诉自己不能贪婪曹家的美味佳肴，人家生活也是不易，可内心却十分挣扎。自己也是土生土长的上海人，每次闻到曹太太的菜香总会想起妈妈的手艺。糖醋排骨、红烧鱼、腌笃鲜、老母鸡汤、咸肉菜饭、肉丝炒面、米烧粥……不仅仅是可口的美味，更是浓郁的家乡味道；是甜蜜的儿时回忆更是深厚的母亲关爱，多么难以抗拒，多么令人销魂。

所谓成长，就是不断与回忆割裂的过程。明知道未来只是虚无一片，却必须坚定不移朝前冲。在繁忙的工作中，在琐碎的生活里，偶尔静下来想想，难道这就是人生的所有意义？总应该有很多其他的路可以走吧，为什么就选择了这一条。可是为了这一路已经付出了许多，没有勇气再选择重新来过，或者根本就是养成了惰性，越来越缺失青年人应有的热情。家乡渐渐变成了一个符号，一个梦境，虚无缥缈触摸不到。可是每当想起她，就连最艰苦的回忆也化作了清冽的甘泉，滋润着久旱的心田，像初涉爱情的少男少女，脸上止不住神采飞扬，笑容满溢。

七

曹建明的希望

十月初的一个傍晚，纽约曼哈顿华尔街金融区的自由广场公园里，锣鼓喧天，人声鼎沸，烟雾缭绕。一些青年手举着自己写得歪歪扭扭的标牌，声称属于百分之九十九的群众，拒绝与老板合作，并要求长时间占领华尔街。另一些青年盘腿坐在地上，手弹吉他，头披长发，一边吸食禁食的烟草一边和尚念经似的唱着不成曲调的歌。公园被临时帐篷淹没，被记者包围，被警察关注，更被四周高大而冰冷的钢筋水泥玻璃高楼所压抑。不明原由的游客以为是嬉皮士的狂欢节，报纸新闻大肆渲染，不少人甚至兴奋地以为资本主义的末日即将来临，社会主义就要登上历史的舞台。

自由广场的不远处，新的世贸中心大楼正拔地而起，俯瞰着“9·11”纪念广场和排队参观的人们。工地周围的铁栏杆上系着无数条白色的飘带和火红的玫瑰，那是人们在“9·11”十周年之际用来纪念死去的亡灵。两幢世贸中心的基座位置经过重新设计展现出两口巨大的正方形人工瀑布，去世的人名被镂空镌刻在四周的青铜板上，不时在某个人的名字里可以发现一朵鲜红的玫瑰。林芷靠在青铜板边，凝视瀑布在灯光中永恒般地倾泻，不觉望出了神，多么平静多么美丽！联想起两幢高楼曾经的辉煌，多少人在其中的记忆，而又匆匆毁于一旦，是那么难以想象不可思议。生命是如此脆弱，今日的美满明日还能继续吗？她不觉暗自伤神。

“你知道吗？”曹建明说，“有些人在‘9·11’的时候死了，名字却没有被刻上。”

林芷对此表示严重怀疑。美国人对这件事情非常认真严肃，怎么可能忘记。

“在世贸大厦的高层里有一些观景的餐厅，当时飞机撞击的时候很多人在里面工作，都死了。可是连美国人都不知道，或者不愿意承认，一些餐厅服务员并没有合法的美国身份，因此死了以后，家人既拿不到赔偿也无处申诉，名字自然也不会被刻下来凭吊。所以这些人就完全蒸发了，我就知道这样一个人。”他说着叹了口气，不再继续，开始抽烟。

曹建明是个多愁善感的理想主义男人，而他的太太却跟他性格相反。当初是家里介绍的婚姻，两个人糊里糊涂地因为门当户对也就同意结了婚。他常常一个人在阳台上抽闷烟，在金鱼缸边看鱼群游动，或是听着民族歌曲喝茶；周日的上午，独自漫步去教堂做礼拜；有兴致的时候，拨弄拨弄自己收藏多年的照相机。这时候他的太太，不是在自己的卧室里和女儿聊天，就是和女儿一起出去购物了。

“我过来以后最大的收获就是皈依了基督教。”有一天曹建明对林芷坦言道，“叫作浸信会，是要全身心都浸入水中才算真正地信仰。”他微笑着，宗教的指引给他混沌的生活带来了一种希望，仿佛是在汹涌的海涛中辟出的一条安静小道，保护着不让他受到巨浪的肆虐，心绪也渐渐从浮躁变得安稳下来。每周他都盼着去教堂的周末，没有什么比浸没在与自己具有相同信仰的人群里更让人自由和开心的事情了。好像回到了青年的时候，单纯得充满希望，热烈得充满力量，什么也阻挡不了的感情和真诚，热乎乎地飘荡在空气里，像春日里的阳光。没有工作的压力，没有赚钱的烦恼，没有家庭的纠纷，只要简单的信仰，就好了。阳光照耀着教堂的古老砖墙，也洒进他的心里，像铺了一层天鹅绒，柔软而温和。

“你想不想周日去教堂看看？”曹建明问林芷，眼睛里希望闪烁。

“好啊。”林芷很是好奇把人全部浸入水中的教堂，并且对曹建明总是一个人出门的状态也有些同情。

林芷有许多国内的朋友，从小接受无神论教育，来美国后没几个月就变成了虔诚的基督徒。当初一个人出国无依无靠举目无亲，是当地的教会专门派人来接机，安排志愿者给外国学生提供临时住宿和免费的食物。牧师有空会发短信嘘寒问暖，在心情空虚无所依靠时非常温暖人心。特别是在语言与文化隔阂的环境下，简直如救命稻草一样。林芷每去一个新地方，总愿意去当地的教堂看看，听听牧师讲话，倒不是想去信教，而是可以了解邻里各式的人物和当地的文化思潮。

教堂坐落在亚裔居民区，离曹建明家不远。虽然腿上绑着笨重的固定装置，曹建明依然坚持要拄着拐杖前去做礼拜。

“林芷，过来扶叔叔一把。”他一边慢慢地向前挪，一边请求着，心里真高兴。

教堂里空间宽敞，以中国和韩国的教民为主，也有一小部分西班牙语系的人。巨大的幻灯片屏幕悬在半空，中文、韩语和西班牙语交替介绍着当天的内容。牧师手舞足蹈，非常激动地传道。这却偏偏是林芷不喜欢的方式。她总觉得好的精神引导者应当是谦虚含蓄，娓娓道来。再说坐得靠后，也听不清楚他具体在讲什么，便渐渐觉得无趣起来。

“看那个小伙子，去年刚从阿富汗服役回来，经历战争以后，整个人都傻了。”曹建明小声地告诉林芷，指着前几排的父子两人。

“那个高个子，你看，那年申请的艺术特殊人才绿卡，很快就过了，还是我帮他办的。”曹建明又说。

“那他一定是很有才华的艺术家吧。”林芷感叹地说。

“哪里，你也可以办到的。”他露出一副不屑的样子，又带着几分诱导的语气。

签证与身份问题一直是困扰旅美华人的一块心病。曹建明为了办个绿卡好把妻子女儿从国内接过来以至十年不能回国与家人团圆。林芷自己也是无可奈何的非自由人一个。今年美国刚赶上自20世纪30年代大萧条之后最严重的经济危机，各大公司纷纷开始裁员。许多公司由于接受政府补贴只招美国本地人，外国人没有任何机会。林芷眼看着自己的纽约梦即将破灭，甚至有被赶出美国的危险，才不情愿地接受了目前这个实习工作，但是心里依然是十二分的不满意，仍旧每天下班后到处发简历赶面试，希望找到更好的归宿。虽然不想表现出来，但有时候心力交瘁抱怨几声也被曹家知晓一二。

在美国中部工作的时候，林芷曾被当地的朋友带去参观一个叫作世界性教堂（Universal Church）的社区小教堂。牧师照例讲话，虽然没有现代科技的辅助，依然绘声绘色，丝毫没有咄咄逼人的气势。教堂四周的墙上挂着各个宗教的象征符号，基督教、回教、佛教、道教、犹太教以及一些林芷不大熟悉的宗教，有一种博大的包容兼济的态度。牧师精神矍铄，身着黑色贴身西服，从历史和文化中引经据典，进而评点当前的时局，主张和平仁爱与节俭。整个布道的过程都拿事实做依据，循循善诱，并没有涉及基督教本身的教义，却十分令人信服，使林芷对教堂这一个模糊的抽象概念有了更贴近的体验与尊敬。不过今天这个教堂却完全是另外一种味道。

曹建明在教堂没有什么特别亲近的朋友，只是对偶尔见到的几个中国人互相点一下头。可是每逢周日上午，他必定早早地起床，赶上那一场多种族多语言的布道。林芷自从第一次凑热闹陪着他去看了一下之后，就没有精力和兴趣再去了，情愿在家里睡懒觉。曹建明颇为失望，不过也不好强求人家，为了传道而把租户从家里吓走可不是一个明智之举。

曹建明有摄影的爱好。他的房间里除了电视和音响设备便是陈列在柜子里的各种尼康相机，都是他来美国后多年省吃俭用倾注心血的玩物。不过现在妻子女儿来了，又加上买公寓贷款，实在不敢再添置任何新的设备。今天趁着老婆孩子出去逛街，他把所有的相机拿出来一字排开如数家珍般把玩起来，像个小孩子秀玩具一样拿出来给林芷看。

“林芷你瞧瞧，”他说，“你有一个相机，我有一柜子呢。”

他小心擦拭着相机皮套上的灰尘，眼角的皱纹勾勒出满足。回想起妻子和女儿还没有来美国的那段日子，工作之余，他自由自在地拿着相机在城市里穿梭，和朋友一起郊游。不过责任终归是要承担的，女儿的学习有了着落，这是他这些年过来奋斗最大的心愿。对妻子的诺言也终于实现，把她们接到了梦想中的美国。可是如今的妻子由于长年的分离已经形同陌路，只是住在一个屋檐下的另一人而已。这是他内心说不出的隐痛。

“我现在真是后悔。”过了一阵，他低声说，“年轻的时候我也曾经是帅气的文艺青年，许多人都喜欢我。”说着，他不由地摸了摸自己油光闪亮的头顶，“后来我喜欢上一个台湾过来的女孩子。我们两个都非常喜欢对方。但是那时候思想保守，家里人极力反对，实在没有办法，也就分了。要是我当时狠一狠心跟她走，结果就会完全不同。后来通过他人介绍，认识了现在的太太，可是她现在都不愿意跟我同房。”

林芷不曾预料曹建明竟然把这些私事说给自己听，也不知道他的太太是否知晓这些事情。难道他不担心自己告诉他太太？她不禁有些坐立不安起来，但也不好就此把他一个人搁在这里喝茶，便敷衍道：“那你一个人过了十年啊？”

“还好，之前有个女朋友。”曹建明平淡地说，似乎在谈论遥远的历史故事。

林芷掩饰不住诧异，愣愣地盯着桌上的相机。

“这边很多人都是这样，没什么好稀奇的。”曹建明无奈地笑笑，好像在解释一件天经地义的事，“在把家里人接来之前找个男女朋友同居，这样一方面减少了经济负担，一方面可以互相照顾，等原来的家人来了之后再分开。大家一开始都心知肚明，所以也没什么纠纷。”他轻描淡写，不露声色。

林芷一时语塞，只顾喝茶，也不愿看曹建明的眼睛，不想让他看到自己鄙夷的表情。有一种力量让曹建明只身一人在美国奋斗煎熬许多年，远离亲人，舍弃骨肉，玩弄爱情。也许是太年轻，也许是太理想主义，林芷根本没有办法理解他。他追求的到底是一种什么样的生活？或许他这么长久地远离中国，已全然不知故乡的味道，何况连母亲也已经放弃联络，实在也没有太多的留恋之处了。也许为了小孩子将来的前程，也许为了赌一口气却发现再也回不去了。只是猜测着，却怎么也不好意思去询问这样的问题，未免太露骨、太深刻，让人喘不过气来。

一只亚光的尼康旧相机壳躺在曹建明的手中，他回想起女朋友惠如，那个让年轻的他不顾一切爱上的台湾女子，一起听邓丽君歌曲，跳交谊舞，打扮成港式风格的青春的他们，在上海的各个角落留下了爱情的痕迹。那时候的他留着长发和小胡子，穿着背带裤，手里就握着这架老式的尼康。在家里他有自己的设备，常常关着灯在屋子里用化学药水显影这些幸福的照片，看着她的影像从底片上隐隐约约浮现出来。也是从那时起，他燃起了想出国的心愿，也许去台湾，和惠如在一起。不过这一切终究成了一场青春的美梦，破碎得只剩下相机壳。

“我给你看样东西。”曹建明神神秘秘地打开卧室里黑色的木柜门，在里面找了一阵子。小心翼翼地捧着一本包裹着旧棉布的物体，一层一层翻开来。这是一本陈旧的相册。塑料的封面有些破损，露出底层印刷的淡灰色花朵。一张张形状各异的泛黄黑白老照片被黏贴在黑色的纸板页面上。照片的四边被修饰剪刀裁切成各种花纹，想必制作相册的主人很是用心。圈圈银色的金属环连接起厚重的页面，像祖母的珠宝一样闪闪发光。半透明的硫酸纸分隔着每一页照片，使照片上的人物更加模糊，像远去的回忆。

“这张是我年轻的时候。”曹建明指向其中一张正方形的小照片：一个青年男子正戴着深色墨镜在爬山的途中歇息。

夏日的阳光投射到他的脸上，勾勒出隐约可见的笑容，十分灿烂。只是不能确定那人是不是曹建明。

他一页页慢慢翻着，有时候停留在一张相片上，细细地看下去，似乎打开相片这扇门回到了当时当地。他不时地傻笑，指给林芷看他自己的照片，还有台湾女孩惠如——常常是一袭长裙，浅色的大草帽遮挡了半个脸，笑靥如花。林芷心想，不知她现在还会偶尔记起曹建明吗？

早晨，林芷站在大门边的镜子前紧张地整理衣服准备上班。最近地铁时常滞后，不提早出门准要迟到。天气逐渐趋凉，是把去年的大衣从箱子里拿出来的时候了。裹上薄纱围巾，挎上牛皮背包，深秋的气息一点一滴渗入空气里。

曹建明从卧室出来，忍不住轻声慨叹道："如果我的太太跟你一样就好了。"

林芷一惊，默不作声假装没听见，因为实在不知道该怎么回应，赶紧出了门，心里却忐忑不安，不知道晚上回去该怎么面对。自己住在人家家里客气是需要的，否则难以相处。可是所谓君子之交淡如水，交情越了界，就有点不好收拾了。

此刻曹建明的心里却是喜滋滋的。眼前的林芷青春蓬勃，客气礼貌，认真倾听他对于生活的种种看法，尊重他的兴趣和信仰，这让他觉得仿佛回到了早年的那段时光。林芷仿佛是惠如的影子，那张永远微笑的脸庞，乌黑的长发，理解的眼神，白皙的肌肤，开放的思想，怎么都觉得跟自己的太太相差十万八千里。

林芷最近越发对当前的工作不满意，而其他工作又难找，没有公司愿意担保工作签证的申请。曹建明留意在心里。这天她又请假去面试了两家公司，第一家本来已经十拿九稳，一听是需要办工作签证，就推托不再招人；第二家需要免费工作半年算作学徒期，表现好的话再考虑转正拿工资。可是林芷哪有那么多积蓄拿来在纽约做实验性的生活，只好灰头土脸地回到屋里，继续修改简历等待机会。

曹建明过来敲了敲门："林芷，休息下吧，出来吃点水果。"

"我不用，你留着和太太女儿一起吃吧。"林芷把自己锁在屋里，专心致志研究找工作战略。

"吃点吧。我一个人吃也没劲，她们不知道什么时候才回来呢。"

林芷心里正不舒坦，想想不妨出去解解闷也好，便悻怏怏地磨蹭到客厅里。

记得小时候吃西瓜爸妈总是先切一半冰西瓜，插进一把铜勺子，挖一块最红最甜的西瓜瓤径直塞到自己的口里。那种幸福，在出国以后的日子里，简直是美梦。后来和朋友们一起吃西瓜，大家都把西瓜切成一片一片，每个人抓捧在手里狼吞虎咽，汁液肆意流淌，倒也尽情。这会儿曹建明请吃西瓜，却是包装在塑料盒子里的切好的红瓤，显然是从超市里买回来的现成品，省了很多工序。要是就林芷自己买来吃，定会大快朵颐地用手来。这会儿在房东面前，插了牙签尝了两三块便说饱了，也不觉得甜，倒是有几分涩，可能不是季节的缘故。

“你工作还适应吧？”曹建明想探探林芷的口气。一个女孩子在纽约举目无亲的，他作为长辈多少持有点说话的权威，心里有丝得意之气。虽然这点权威在老婆和女儿面前丝毫不起作用。

“目前的工作将就吧。好工作是有的，就是不招外国人。人家凭什么帮你外国人办工作签证啊，又要交钱又要请律师的。美国人自己都水深火热找不到工作呢。”林芷说到这点就一脸怨气，谁让她充满探索世界的幻想而不脚踏实地地回家服务祖国呢，偏偏要跳进纽约这个火坑里。同时心里又嘀咕着曹建明多管闲事，不想给他好脸色看。

“我明年打算拿公民了。”曹建明话里有话，“如果你跟我这样的人一起也就可以马上办绿卡，很快的什么问题都解决了。”

曹建明嘴上平静，心里却跃跃欲试。他在律师楼里待了这么多年，什么样的案例都看得多了。国内想出国的年轻女子嫁个年老的美国身份持有者比比皆是。两个人一个愿打，一个愿挨，双赢。何况他现在符合了所有的条件，给林芷这不谙世事的小姑娘指条捷径也未尝不可。倘若她也有意，那一方面是解决了她自己的身份工作问题，为她将来在美国的发展铺下了康庄大道，另一方面也给了他一个离婚的决心。这个家庭已经是两个陌路人的组合，况且老婆一天到晚牵挂国内的生活，不如放开手让她走算了。女儿和林芷年龄差不多，倒可以互相照顾得跟姐妹似的。林芷又是名校硕士毕业，对女儿的教育和发展会有很好的启发和帮助。而他是真喜欢她，不会亏待了她，况且他俩也算是志趣相投。

“我还是先找个工作是正经事。”林芷不慌不忙地起身去厨房洗了手，心想不能在这个时候示弱，一定要镇定，得让曹建明知道她是个可以独立思考和生活的女人，边说：“谢谢西瓜。”

就在林芷转身间，曹建明毫不避讳地捏了把林芷的肩膀：“不急不急，慢慢想想再说。”林芷抽身离开，不想搭理，回到自己的房间里锁上了门。

谁急啊，林芷心里一股子闷气。这老头子也不照照自己的镜子，头发稀疏，牙齿泛黄，都是老爸的年纪了，倒是动起了她的主意。她这样的现代女性，美国待不下去就回国，回国照样活得漂亮，谁稀罕美国身份？这都是什么年代了，还以为女人都得靠着男人过日子，还以为美国就是天堂？曹建明实在是太小看她了。

曹建明见林芷没说什么便回了房间，心里窃喜，以为林芷并不反对，而是因为女孩的羞涩而暂时回避。多么可爱的姑娘！他不禁感叹。微红的脸蛋，乌黑的长发，婀娜的身姿，一双镶嵌着长睫毛的眼睛在镜架下投射出聪慧而善解人意的光芒，一直射到他的心里。林芷就像是一场漫漫飘来的春天细雨，把他的心窝滋润得痒痒的，要长出无数棵绿苗来迎风摆动；又像是一株千年等来的灵芝仙草，散发着幽远的清香，偏偏让他这个幸运的人闻到了，还不赶紧采摘？这真是他步入中年之后的一件喜事，难道是因为皈依了基督教后主对他的奖赏？这是老婆永远都无法了解，也无须了解的。

几次看到林芷坐在客厅里，穿好鞋子对着镜子里整理衣服准备出门，青春的肢体，覆盖在色彩斑斓的衣裙下，油光灿灿的长发飘逸在骨感的肩膀上，曹建明可真想过去拉一下她的小手，哪怕是放在鼻翼边闻一闻味道也好。他如同一个刚刚坠入爱河的热情澎湃的少年，一边猜测女孩子的心思，一边不敢贸然行动，全然忘记了自己作为一个丈夫和父亲的角色。

曹建明的生活有了新的希望。

八

埃利奥特先生

古老的布鲁克林大桥坡下，间隔曼哈顿与布鲁克林的东河畔，一家名为水边饭店的米其林级高档餐厅里灯火闪烁。西装革履的男士，擦着意大利古龙香水，佩戴着仔细挑选的法式袖扣，一心想讨好身边的女子。几位女子涂着厚重的唇膏，渲染出多种层次的红，搭配贴身的连衣裙，踩起细窄的高跟鞋，带着些许怀旧的风韵。透过餐厅的长窗，璀璨的曼哈顿夜景和自由女神像，在泛着深蓝色波光的东河上如一副横轴展开，只是卷中不是清明上河图的古韵，而是纽约高楼的现代派侧影。餐桌上的鲜花把白桌布渲染成温柔的色调，蜡烛的幽光掩映着客人的脸庞，透露出温润而优雅的色泽来。

“林芷小姐，我非常中意你设计的这款面料，从色彩到

饭店的窗外，曼哈顿的天际线

图案，都凸显了你的天赋。真是感谢。”埃利奥特先生一边切着汁水丰满的半熟牛排，一边热情地夸赞林芷连夜完成的新款面料。

“谢谢您。还望您多多捧场。”林芷不敢怠慢，老板今天和助手罗宾一起出差，千叮万嘱林芷一定要照顾好这位犹太客户。人家是百老汇歌舞剧的幕后财团，要是产品被他看中了，前途无量。为此林芷特意穿上卡文·克莱原价一千多美元的礼服，戴上珠宝首饰，郑重其事地来和埃利奥特先生进行商务会面。林芷平时作为研发人员并不常接触客户，心里很是紧张，唯恐哪里没做周全回头被罗宾问罪。

“我们每年都做很多有趣的项目，”埃利奥特先生饶有兴致地说，“有时候去非洲帮助贫困人民建设基础设施，有时候在纽约创造新的艺术形式，有时候赞助投资独立小企业帮助他们成长，有时候规范搜集教育资源用以培训大众。每一天都充满激情，日子像波浪一样翻滚着、汹涌着前进。对于未知生命的热情追求是我每一天前进的动力，探索多么有趣！”

“您可真幸运。不是所有的人都能像您那样有机会不断探索未知的。”林芷感慨着，心想当一个人的财富已经变成一种符号的时候，他的生活也变得如此自由了。

“我理解你。每个人的生活都需要不时地自我更新：新的人群、新的文化和新的经历。从你的作品我可以看出，你是一个对生活拥有细致观察和深刻情感的人，你必须将这种视野和精神充分而完全地运用到你的生活中去，去掌控自己生命的方向。”埃利奥特先生说得情绪高昂，抑扬顿挫，白色衬衫将他的啤酒肚包裹得越发紧密，林芷担心纽扣时刻都有迸出的危险。

“可是我是个害羞的人，不像您这样善于社交，拥有一副好口才呢。”林芷谦虚道。

“那你要学会勇敢，学会无畏。要想在美国成功，这些很重要啊，我的小材料师。做个努力踏实诚实的人还不够呢，要在工作和生活中加入一点狂野的冒险和实验精神，把它们变成你基因的一部分，不要那么中国人嘛。”埃利奥特最后不经意地调侃了一句。

“中国人怎么了？”林芷顾不上老板要求讨好客户的嘱咐，可容不得老外对自己人有偏见。自从到了国外，她的民族感情就成了支撑自己精神信仰的全部力量。如果说在国内她对于许多事件都抱有怀疑和批判的态度，那么现在，只要有美国人开始质疑中国的人权和环境，她就立刻一套套地开始反驳。特别令她愤怒的是几乎所有美国人都认为中国侵略了西藏，而她则始终认为西藏是中国的一部分，因此还几次差点跟外国朋友大吵起来。

“我有不少中国朋友，都是正儿八经一板一眼地工作生活，就是不大敢打破传统路线追求一些新鲜的生活方式，可能跟小时候受的教育有关吧。所以说你也很中国呢。”埃利奥特善意地解释道，不过这倒是真的，林芷不得不承认，比起他的生活，自己的生活是多么乏味。

埃利奥特啜了口红酒："要充满激情地去生活，立志去追求伟大的目标。林芷，你对生活有什么看法？"

"这可是一个大问题啊。"林芷思索着，难以回答。

"我知道，不过你可以给我一个小答案。"埃利奥特意味深长地说。

林芷想了一会儿，说："就像在充满枝叶和声音的茂密树林中追寻一只蝴蝶。有时候你可以看到它，有时候你迷失了它，有时候你怀疑它的存在，有时候你却必须先将寻找食物和躲避野兽作为首要任务。但是你总是相信它，并且继续寻找。"

"啊，你还是个诗人！你的视野让你飞翔在森林里。你知道森林里有那么多的龙会吃掉你的梦想。"

"那你就要跟龙搏斗。没有梦想活着就是死了。"林芷坚定地说，又问，"您有追随什么宗教信仰吗？"说完就有点后悔。老板再三关照不要跟客户谈宗教，要是人家跟你不一样，岂不是自讨没趣？不过话已出口，驷马难追了。

"我出生在犹太人家庭，是一个犹太教和东方佛教的结合体，相信充满慈爱和没有偏见的神性。我同时也认为人生是实验性的，我们要深刻地去体验并尝试新事物。"埃利奥特娓娓道来。

"这么说来您事实上并不相信某一个特定的宗教对吗？"林芷问。

"我对自己相信的东西还是比较清楚的。除了犹太教和佛教的价值观，还有一些来自于我个人的对于想象极限的生活方式的尝试。想象也是一种成长。比如我将我在事业上的想象变成现实，我也帮助其他人梦想成真。”

埃利奥特真是与自己生活在完全不同的星球上，林芷心想着，十分感叹。两个同样住在纽约的人，生活和思想的状态可以完全不同，就像两条永不交叉的铁轨，泛着清冷的天光，蜿蜒曲折，延伸到无穷远，即使在一个小岛上。

“您做慈善吗？”林芷问。

“每年我都会做一些捐助。今年是儿童癌症医院、非洲疟疾治疗和计划生育。我相信富人应该贡献更多，我还经常做匿名的捐献。”

“太棒了！”林芷听到计划生育这词，便知道埃利奥特是支持奥巴马民主党一边的。美国人所说的“计划生育（Planned Parenthood）”跟中国的独生子女政策不一样，是指提供给家庭生殖健康，特别是妇女和儿童母婴健康的教育和服务，具体到提供给女性避孕和人工流产的价格实惠的医疗服务等项目。林芷对此是双手赞成的。保守的共和党以基督教作为理由，不给女性选择生育的权力。在林芷这种无神论的女子看来，简直是愚昧无知到极点，跟美国倡导的民主自由精神相去甚远。可见埃利奥特不仅是个有钱的犹太人，还是一个慷慨的人，跟刻板印象中犹太人吝啬的形象不同。

“你的信仰呢？”埃利奥特反问林芷道。

“我相信不可知论。”林芷本来想说无神论，又觉得也许太绝对，客户可能会不开心，便改口为不可知论，“简单说来，就是怀疑一切。”

“我理解。我也怀疑墨守成规的仪式和所谓的神。然而生活是值得探索和分享的神秘事件。你在生活中有没有感到负罪感，林芷？”埃利奥特问。

“没有啊。我没有做坏事为什么要有负罪感？”林芷有点莫名其妙。

“对啦。有些人一直都觉得自己有罪。我就不相信这个原罪说。”埃利奥特笑道。

“有时候宗教总想让信仰它的人们感到害怕，以此来提高自己的威望。我觉得如果一个人对自己有足够的自信，那么就没有什么好畏惧的。”林芷意识到原来他正在检验自己的宗教情绪，不禁觉得很有趣。

“您有家庭吗？”很多人都喜欢谈论自己的家庭，这是生意场上很好的一个话题，可以把客人的情绪完全抒发出来，拉近彼此的距离。不过简单如林芷的提问纯粹只是出于好奇。

“没有。曾经结过婚，不过现在又单身了。目前生活对于我来说是一个神秘的探险。我喜欢在周末的时候带上一个陌生人到一个令人惊讶的地方，做意想不到的旅行。如果心情好的话甚至会租上一辆喷气式小飞机呢。”埃利奥特说到兴致上，“不再停留于传统的男女关系，和一个吸引的人一起探索一段特殊而强烈的经历。”

“哦，许多纽约人对于情感都有另外一种看法，也许这是一个很好的研究课题，即在都市环境下人们是怎样调整自己的情感关系。”林芷不喜欢埃利奥特对于感情的看法，前卫得像现代艺术让人难以琢磨，林芷还是更喜欢古典艺术。

“人和人的亲密关系与追求探险的生活方式是一致的。有些人追求人际关系的舒适性，有些人追求其强烈性。我很欣赏两个完全不同的人在一起碰撞摩擦和探索未知，完全抛弃自己一直信赖的舒适区，尽力去拉伸自己的边缘，给自己一种全新的尝试，而不用考虑这种关系能持续多久。当我们以一种全新的方式感受激情和挑战时，我们会随机应变，将自己的潜能展现出来。”埃利奥特说得很玄妙。加上半玻璃杯红酒的作用，林芷有点云里雾里，不觉出了神。

“这个是友谊，不是爱情。”林芷讷讷地说。

“呃，是一种特殊的关系。强烈的、激情的感官信任和自由，对于改变和挑战持开放的态度。是关于自我挑战的一种紧绷的状态，而不是彼此放松的舒适状态。也许不会持久，也许不会永远。有一些人享受这样不同的亲密关系，没有限制没有禁地无限延伸自己的感官，接受激烈的挑战。”埃利奥特对这样的状态充满向往，眼神里闪耀的欲望在切着牛排的金属刀刃上反射出来，牛排的当中还带着几条鲜红的血丝。

“我认为亲密关系需要承诺，否则就是游戏。太多的纽约人沉迷于这种游戏，很令人担心。”林芷反对说。

“我懂你的意思，也尊重你的想法。”埃利奥特说，“但这不是一场游戏，不是简单的性（那倒是更容易的），而是强烈的交流：生理上、心理上和语言上。这对我是很强大的体验，并不具有游戏的特性。”

“您是从什么时候开始选择这样的生活方式的？为什么呢？”林芷好奇心又上来了。俗话说好奇害死猫，她也不知道这样穷追不舍对不对，不过埃利奥特却滔滔不绝毫无倦意。

“在我长大成人的过程中，我变得越来越激进。在我二十多岁的时候，有过一次令我记忆非常深刻的经历，促使我在之后的日子里一直在寻求一种将这种经历在每个层面上重复并且延伸的体验。在我的一生中，我选择性地如此生活。它培育了我的激情，赋予了我阳光般的能量。它将我的现实生活和幻想世界有力地联系起来。虽说不平常，但是对某些人来说，是很酷的。”埃利奥特做了个小丑般的笑脸，脸上皱纹一堆起来，倒像个久经沙场的老巫婆。

“对你说是很酷吧。你有因此伤害过他人的感情吗？你刚刚提到过你有结过婚的。”林芷步步紧逼，跟辩论赛似的。

“我可从来没有伤害过任何人，只有这样，信任才能产生和延续下去。我曾经结婚十年并且婚姻很幸福，后来因为其他的原因婚姻结束了。”埃利奥特接着忽然话题一转，说，“想象你和一个不同寻常的男子在一个岛屿上共同度过一周，彼此之间可以没有限制地探索和碰撞，这种经历可能会改变你呢。”埃利奥特话中竟有几分诱导的语气。

“坦白地说，我觉得这对于一个女孩来说，并不是一个明智之举。”林芷怀疑这样的评论会令埃利奥特不快，可是她是一个诚实的人，从来也不会为了讨好别人而完全改变自己的观点，也是她傻得可爱之处。

“我知道自己不同。”埃利奥特耸耸肩，“也尊重我的生活方式不一定适用于其他人。啊，生活总是充满着私藏的安全的秘密！如果有好奇心，你总可以私下里不为人知地创造一种与众不同的方式。你能够想象出这样的生活吗，林芷？”

“那我就是那个其他人了。”林芷答。埃利奥特的话充满了蛊惑力，小岛，喷气式飞机，百老汇歌剧，私密的旅行，真是完全不同的奇妙境遇。林芷在某一刻甚至已经开始想象自己的好莱坞名人生活。不过好生活来得轻而易举，必然有猫腻。果然很中国思维。

“哦，你别误会了，我不是说你和我，哈哈。我只是问你有没有过对生活无限的幻想呢？”埃利奥特半认真半开玩笑，对这个中国小女子的回答充满了好奇。林芷觉得犹太商人可真有一手，把人说得晕头转向，估计生意就是这样忽悠成的。

“那当然。”想象无边界，林芷不服气地说。

“我就知道你可以！从你的作品中我看到了一位勇士无边的梦想和追求。”

“只有梦想是不够的，你得脚踏实地地努力并且耐心地前进才行。”林芷对埃利奥特的夸夸其谈越来越没有好感，不过人家照样把生意做得红红火火，实在不能不令人慨叹，有钱人就是底气足。林芷强睁着慵懒的双眼，盘中翠绿色的菜花洒在皮脆肉嫩的橘红色三文鱼上格外鲜艳。礼服的僵硬边缘像紧箍咒一样越包越紧，让她逐渐丧失胃口。

“一切都好吗？”戴着黑色领结的白衣侍者将一碟微缩版布鲁克林大桥形状的巧克力甜点送上桌面，连大桥上的缆绳都用巧克力细细地立体勾画起来，像精雕细琢的欧洲装饰派艺术，“这道甜点可是这家餐厅独一无二的创作。”侍者谦逊的语气中透露着骄傲。

观赏性大于食用性，林芷想，就像埃利奥特的生活，充满诱惑并饱含着积极的态度，听起来让普通人心生向往，但是回到现实中又是如何，却不可预测，也许得与他的前妻交流才知道。

“有个问题，只是……”林芷刚欲出口，没等说完便意识到不合时宜，赶紧压低了声音。

“你可以问我任何问题，好奇是好事。”埃利奥特鼓励道，心里琢磨着这个小家伙又有什么问题。

“好吧，您是如何创造您的财富和成功的？是从家族继承的吗？”林芷得到埃利奥特的准许，便大胆地问，此时老板的关照已全然被当作耳旁风。

“不是。我可是穷人家的孩子。”埃利奥特放下刀叉，用膝上的白餐布擦了擦嘴，说，“在大学时我组织安排音乐会，毕业后在休闲健身会所（SPA）当治疗专家，后来做买卖二手家具的生意，然后买了一个购物中心，做过很多不同的事，总是在寻找某种独特的、让我激动的东西或体验。”

“是哪一件促使你走向成功之路的呢？”林芷忽然意识

到自己似乎是在采访百老汇大亨，就差电视转播了，真是精神百倍。

“每一件都是成功的一部分。我在生活中非常直接，在事业上充满了创造性和主导性。我清楚自己想要的是什么，因此我在每一件所做的事上都赚了钱，并且在生活方式上也愈发自由和强势。成功是80％的积极态度和深层动力，当然还要加上技巧和智慧。”

林芷频频点头。这与她小时候学到的成功理论多么大相径庭！

“你必须真的非常想要成功，不管这个成功是用金钱、权力还是享乐来诠释。那种强烈的想要成功的感受一步一步地推动自己去追求内心的欲望。哦，不要为欲望而害臊。了解并看见自己的欲望能够实现是多么美妙的事情！”埃利奥特慷慨激昂，在“要”字上加强了重音。

“啊，我也想成功，也愿意努力，但是具体的途径该怎么走呢？”林芷深深地被触动，恳切地问道。

“记得我说过吗？生活就要勇于去不断地实验，不怕承担应有的风险。不是说为了完成一个任务去实验，而是要跟着你内心最深处的欲望走，仔细地倾听它的呼喊。不是简单的努力勤奋，是内心深厚的力量和情感。具体怎么走只有你的内心能告诉你，这是我最真诚的告诫。”

林芷此刻不得不承认这位犹太企业家的生活态度。虽然也有不少她难以认同和理解的部分，可是他的激情和追求，确实是大多数年轻人都缺乏的。

生意做成了，老板很满意，老板的助手罗宾在一旁心不在焉地附和着老板的表扬。埃利奥特时不时地给林芷发上几张照片。他在纽约上州度假的林间小屋被森林包围，他养的栗色马生了小马驹，从他曼哈顿中城的高档公寓窗户俯瞰纽约的天际线，他赞助的新百老汇歌剧开演了，并荣获了托尼奖。他的生活像一场精彩纷呈的电影，时不时透露给林芷一个预告，引起她的好奇心。林芷一方面因为工作的缘故感到有义务跟埃利奥特保持联系，另一方面也确实被他描述的世界多少有些吸引。也许从他手上至少可以拿到免费的百老汇票，她想。一张《狮子王》或者《摩门经》的全价票最便宜也要一百五十美元左右，对于工薪族的林芷来说太贵了。

九

爱情是个谜

花吉雨是个奔放的女子，齐肩利索的短发不时夹杂着几条红色的挑光，丰满而高挑的个子往往还用高跟鞋做陪衬，这一切都与林芷大相径庭。也许是相异互补的原因，两人成了无话不说的好朋友。林芷沉稳安静，做事小心仔细三思而后行；吉雨热情妩媚，心直口快，虽然英语并非她的第一语言，她也能很快融入群体。林芷常常暗自佩服吉雨的气场，总能把周围的中国人和老外像磁铁一样吸引住。吉雨也时常感叹，唯有林芷这样的性格才能静如止水宠辱不惊。

吉雨虽然朋友众多，千挑万选却依旧找不到一个让人放心的男朋友。不久前认识了一个美籍台湾人，三十多岁的时尚杂志编辑，住在曼哈顿文化气息浓厚的上东区，帅气的雅皮士一个，待人也温厚和善。两个人常常一起出门摄影采风：总督岛、长岛、新泽西海岸等地遍布他们的足迹。雅皮士玩弄各种老式新式摄影器材，很是扬扬自得。年底的时候，吉雨想和他一起回中国内地的家乡旅游，顺便见见父母。雅皮士抛出一句“纽约哪有人像你这样早早谈婚论嫁的”便渐渐疏远了。吉雨把这件事说给美国同事听，满肚子的气。同事笑着说，找老公可千万别碰纽约本地人，他们可是全世界游戏人生的佼佼者，你哪玩得过他们？好男人要么是从其他国家过来的优秀移民，要么是从美国其他州到纽约来闯荡的外地美国人。纽约人在这个光鲜亮丽的人生舞台上享受惯了，大家欢聚一场，散场了谁也管不了舞台下的原本面貌。你只是人家单身舞台秀的配角，现在把人家的戏搞得喧宾夺主，他见了你当然逃之夭夭避之不及。

后来经朋友牵线搭桥吉雨碰上一个国内来美读博士后的才子。该才子据说不仅在国际上属于学科佼佼者，在美国读博士期间发表在期刊上的学术论文还屡屡获奖，备受教授重视与喜爱。吉雨想到这人应该聪明老实，或许可以试试。

第一次见面在才子学校旁边的面馆，才子端上面条，突然说：“吉雨，问你个问题，如果我们两个都掉到水里，谁应该先被救？”

吉雨笑着，无所谓地说：“你想谁先被救就是谁呗。”

才子理直气壮地说：“当然是我了，小笨蛋，我如果活下来可以发明生物技术拯救人类；你活下来还不是消耗自然资源？”

吉雨气不打一处来，开什么玩笑，拉开椅子要走。

才子赶紧喊着：“你那碗面的钱还没给我呢。”

“我没有零钱，要钱就刷我的卡。”吉雨急于脱身，无法忍耐一分钟的滞留。谁知这家中餐面馆只收现金，不收信用卡。

“哈哈你逃不掉了。”才子得意忘形，似乎兵法上大赢了吉雨一回，树立了自己优越的地位。

“你急什么，不就是十五块钱吗？我回头给你寄张支票。”吉雨说着头也不回地拔腿逃离这个是非之地。

还没等她回家坐定，手机上就跳出才子的三条短信。第一条表示道歉，说下次一定改说个让吉雨开心的笑话。第二条说面不好吃，下次再挑个好的地方。第三条提醒别忘记了支票，并写上了自己的邮寄地址。

吉雨与爱情的关系是屡战屡败，却越战越勇。每一次的失败，她总会令人震惊地改变发型和颜色，做好下一次作战的准备。“只有相信爱情才能找到真爱。”她热烈地表明自己永不放弃的决心。不管是曼哈顿上东区的雅皮士，还是留学美国读博士后的大才子，不管是长岛富人区叛逆的犹太人，还是中国城唯我独尊的广州工程师，甚至是布鲁克林浪漫自由的艺术家，如果被她察觉这不是真挚的爱情，再繁华精致的装饰也化作迷雾一片，挡住前行的路。

“吉雨，你不用这么急，再等等他也许就会出现了。”慢

调子的林芷总爱如此安慰横冲直撞的吉雨。

“不努力争取，天下没有掉下的馅饼。”和对待工作的态度一样，吉雨总是对准目标，风风火火，充满了争取幸福的勇气。

这天是十月底的万圣节。纽约曼哈顿西村照例举办一年一度的狂欢派对。吉雨将自己打扮成美人鱼公主，浑身上下撒满小珍珠的闪光鳞片，相约林芷一起去“招摇过市”。林芷戴了个假发套，头发一下子从乌黑变成金黄，再配上特大号绿色巫婆帽遮掉半个脑袋，搭配着紧身的绿色镶金图案巫婆坎肩，也是别具风味。两个小姐妹合计着参加脸书（facebook）上邀请青年白领们在西村的一个化装舞会。林芷住皇后区法拉盛，吉雨住曼哈顿肉类加工区。虽然肉类加工区这个名字听上去不大雅致，可如今这里却是高档餐厅和时尚精品店的云集之地，价格不菲。然而在19世纪中叶，这里却是屠夫们的乐园，各种肉类的储藏、切割、运输、分送都在这个忙碌的区域里进行。而今斗转星移时势变迁，当年运输肉类的高架火车轨道都被改造成美丽的空中花园了，一到周末前来参观休闲的人们摩肩接踵，热闹非凡。

两个人相约在西村举行舞会的酒吧门前见面。

林芷到时，吉雨已然被一群花枝招展五光十色的年轻人包围起来。她衔着细长的女士香烟，在云雾缭绕中说笑聊天，撒着亮朱粉的红唇富含运动的光泽，在夜的霓虹灯下流离闪烁。她一手托着高脚香槟酒杯，粉红色的汁液摇曳生姿。见到林芷时，便推开人群过来，一把抓住林芷的手往里面拽。

“这是林芷小姐，我们纽约时尚界耀眼的材料设计新星。”吉雨总是喜欢高调介绍林芷给周围的新朋友，林芷的脸颊不知不觉中泛上了红晕，也不知道是因为红酒还是害羞，仿佛是《红楼梦》里王熙凤在贾府一大家族人面前引荐并称赞林黛玉的情景，真是手脚都不知道往哪里搁才自在。

派对的高潮是大家穿着各式奇装异服在旋转灯光下走过场，几个评委会依照服饰的新颖和穿者的装扮气质来打分评奖。吉雨自然毫不客气地踏上一段猫步，抛出几个媚眼，迎来雷鸣般的鼓掌；林芷坐在场下一边小口抿着红酒，一边安静地观赏。

“没劲，”吉雨走完场下来对林芷说：“评委尽给金发碧眼的美女打高分。没人在乎我们这种亚洲人。穿着搭配得再好也没用，还不及人家素面上台转两个圈。”

吉雨一边拉着林芷往外走，一边眨眨眼睛故作神秘地说：“带你瞧瞧更有趣的！”

吧台前面临窗的长沙发上坐着一个人，背对着大家独自品着香槟。吉雨猛拍一下他的肩膀，把他吓得一惊：“这是我的朋友林芷，这是我的未婚夫西蒙。”

林芷十分诧异，这位男士一脸亚洲人模样，但因为那一丝天真，可以看出是在美国长大的。“你好，林芷小姐。很高兴见到你。”西蒙说一口美式英语，往旁边挪了挪，腾出位子来给林芷和吉雨坐。

“他爸妈是香港移民过来的，他在这里长大，广东话听得懂，就是不会说普通话。不过人好就行。”吉雨兴奋地说，“我们要结婚了。”脸蛋儿映衬在美人鱼的衣装下格外灿烂。

吉雨的右手无名指上，新添了一枚戒指，上面的一颗钻石闪出璀璨的光泽，照耀着她幸福的姿态。吉雨横冲直撞伤痕累累地寻找爱情，如今终于修得了正果。林芷为她高兴，为她释然。也许总有那么一个人在世界的某一个角落默默等待着你，只是不知道什么时候什么地点才可以相遇。暂且专心走好自己的路，欣赏路边的风景，享受自然的晴雨风雪。是不是在转角处，那个熟悉而又陌生的身影决定与你共行一程?

这是一个所谓的网恋泛滥的时代，也是一个传统真情缺失的时代。孤独的人们将热切的希望寄托在数据丰富的电子云里，却最终被嘈杂的现实生活捉弄得云里雾里。转瞬即逝的约会，风花雪月的聚餐，朝三暮四的游戏，大都市里的人们不屑于了解传统的意义。生活是变幻无穷的刺激，是光怪陆离的探索，是永无止境的变卦，就像周易一样一生二，二生三，三生万物，怎么就能轻易变得平庸而就此甘心了呢？吉雨和西蒙的故事却是一个奇迹。一个是纽约的销售员，一个是加州的商人，一个东海岸一个西海岸。他们在社交网站上无意间看到彼此的信息而由此聊起天来。西蒙每个月会花两个周末飞来纽约看吉雨，这样持续了一年，直到他们结婚。结婚后西蒙放弃了自己在加州的稳定工作移居到纽约来和吉雨在一起，重新找工作，并开车跨越整个美国把家搬过来。

林芷每天花两个多小时在去曼哈顿上下班的路上，工作八个小时，回家的路上顺便找个地方吃饭，或者自己买菜到家里歇息一会儿开始料理晚饭。吃好晚饭洗完碗筷也要将近十点，便没什么精力再花心思在别的事情上，因此总是过着两点一线的生活。如果遇到加班的日子，便和同事一起叫外卖在办公室里凑合着吃，这样的日子也不稀有。周末倘若还有精力，约上熟知的两三个同事出去吃饭、购物或看展览，生活的圈子一直都无法扩展。

虽然吉雨、林芷这一代人被当代教育训导要成为独立自主的职业女性才算人生的成功，但是哪个女孩不希望自己能够拥有浪漫的爱情和美满的家庭？如果一定要选择工作和感情，多数女孩还是会选择后者。被吉雨的成功经历鼓舞，林芷思考是否也可以从网络上找到新的突破，便在几个大型交友网站上注册了自己的信息，顺便也在上面搜搜他人的信息，觉得颇为新奇。她相信人和人的相遇是一种缘分，不管是在现实生活中还是在虚拟世界里，不管是传统的亲友介绍还是网上的搜索引擎，多少带着一份缘分在里面。纽约偌大的一个城市，走在繁忙的大道上，堵在拥挤的地铁里，擦肩而过的人无数，却总是匆匆的一瞥，没有一个知心的人停下来一起说话。家人亲戚都在国内，儿时的同窗好友也相隔甚远，要想在陌生的环境里重新建立起与物质利益无关的纯洁友谊甚至爱情，实在不是一件容易的事情。

这日林芷收到一封脸书上群发的电子邮件，说是纽约华人的一个组织想邀请大家聚一聚扩大交友圈，地点设在曼哈顿中城的一个转角星巴克咖啡店。林芷一般不愿参加陌生人的活动，一来安全起见，二来避免尴尬。不过这家星巴克离自己的办公室不远，地处人丁兴旺的街角，应该是很安全的，因此林芷决定不妨过去看看，不喜欢随时可以走开。

下班后来到咖啡馆，已经有五六个中国人聚在一起交谈，年龄大致在二三十岁左右。有纽约市注册会计师，有华尔街投行金融人士，有为犹太人加班加点打工的建筑师，有为世界五百强工作的经济师，还有个在纽约大学读书的本科生。大家基本上都是从中国内地来到纽约读书毕业后工作的白领，属于初入美国中产阶级的中国人。

林芷在陌生的环境里不免有些紧张，心里却鼓励自己与周围的人打招呼。她尝试性地问身边一个女子："你叫什么名字？"

女子窘迫地盯着桌上的一次性咖啡杯，一边用拇指拨弄着杯子上的褐色纸套，轻声说："Megan。"

林芷又问了周围的另两个人，一个是自信满满滔滔不绝的Mark，另一个是腼腆羞涩书呆子气十足的Alex。

在美国与中国同胞说话，有时候是件很微妙的事。先问问对方的家乡，然后才决定是讲普通话、广东话还是英语。比如一些香港同胞不会说或者不愿说普通话，如果遇到不会讲广东话的内地人，就只能讲英语。也有一些来自内地的中国人，彼此见面不知道什么原因竟然都不愿意讲中文。两个中国人就用着不是最顺溜的第二语言攀谈半天，气场多少与讲中文不同。林芷总觉得和那些用英语与自己说话的中国人隔着一座山，没有办法产生亲近感，更难成为朋友；那些在美国出生而不会讲中文的华裔除外。如今这些人明明来自祖国内地的五湖四海，说个名字却都用英文，显然缺乏诚意。林芷心中暗暗地也设了一条防线，便也用英文名搪塞过去。

经济师Mark不一会儿就成了一圈人的中心，侃侃而谈："生活就是一场秀，每天免费提供给你一个舞台。一些人过得畏畏缩缩，总是担心这儿担心那儿，我看根本没必要。有舞台就上嘛，好好演出，自己开心看的人也高兴。我的老板有一次问我：'Mark你为什么这么自信啊，好像公司是你自己开的一样？'我说：干吗不？"

其他几个男士也开始攀谈起自己的工作来，似乎都是辗转各地跳槽几轮拥有相当丰富的工作经验，有的比林芷年龄还小。一个叫作Tom的男士忽然凑近了林芷，压低了声音问道："你看上去脸生，是第一次来吧？"

"没错，凑凑热闹。"林芷说。

"你知道这个聚会的目的吗？"Tom问。

"扩大交际圈，多认识朋友？"林芷回答。

“也可以这样认为，不过话要先跟你讲明。我们这个组织是帮助大家认识并且有意愿的话可以交换男女朋友。你看，Mark和那个穿黄衣服的女孩是一对，Alex也带着他的女朋友一起来了。不过都是大家你情我愿的。你要是看上哪位帅哥，那可千万不要害羞，或者我帮你介绍搭桥也行。你要是觉得这活动不合你口味，那么就坐坐喝喝咖啡也蛮好。反正先跟你说明白，大家就不会产生误会。”Tom像个老大哥一样把话说完便退到一边，林芷愣了半晌，怎么也不敢相信自己莫名其妙地落入了这样一个组织。幸好人家还是讲道理的，把一切原委说清楚之后令愿者上钩。如果遇到国内的某些骗人团体，也许被骗得团团转都还以为积极向上呢。

大家开始渐渐活络起来，连安静的女士们也在谈话中穿插几句评论赞赏的话。不过除了Tom的点睛之问向林芷介绍了主题之外，大家和和气气确实跟普通交友一样。没过多久，Tom已经答应帮忙几个人牵线搭桥寻找工作机会，并鼓励即将毕业的女孩子去他公司里投简历。林芷不时感到，似乎这样也不错，总比闷在办公室里敲电脑键盘搞得腰酸背痛的好。她甚至怀疑也许那几个女子也和自己一样被蒙在鼓里，并不知道真相，因此或许情有可原。

林芷喝完杯中的咖啡，披上外套，在Mark眉飞色舞地讲演声中悄悄离开了咖啡馆，快步走向笔挺的办公大楼。楼面上反射出耀眼的阳光，刺得人睁不开眼睛。

手机在厨房的大理石台面上疯狂地震动，吓着了正在一侧的竹板上切罗非鱼的林芷，大蒜滴溜溜地从台上滚落到压花瓷砖地面上。

爸爸打来一个电话，兴高采烈地在地球的另一头说："猜猜今天我和你妈去参加了什么活动？"

"中大奖了？"林芷心里正要庆祝。

"不是。今天我们去参加了盛大的相亲活动，那个人山人海啊，真是比炙手可热的楼盘开盘还热闹。"爸爸虽然已回家多时，心情依然不能平静。

"叫你们别去，你们还真去了。"林芷对这种相亲活动一向嗤之以鼻，觉得怎么都跟自己的浪漫主义小资情怀搭不上边。

"看看外面的大形势还是好的，知己知彼嘛。"爸爸解释说，"蛮有趣的。也有不少海归呢，也许可以帮我们家林芷看看。"

"人家男海归都是在国外找不到女朋友才回国找的啊。"林芷抱怨道，"鱼龙混杂，谁知道是什么货色，还不如邻居家的'土鳖'，知根知底。"

妈妈接过话筒，笑着说："我们女儿是对的。那天有两个家长，一轮到介绍自己的孩子，就大声嚷嚷说，我们的儿子是白领，白领啊，一年赚多少多少万元钱哦。好像白领就是世界上最高档的职业似的，真是令人发笑。”

林芷在一头哈哈大笑，害得大蒜又滚落了几瓣，问道：“他们的孩子都来了吗，还是只是家长？”

“只是家长，轮流介绍自己小孩的情况。”爸爸补充说，“没经你同意，也就没把你的信息放上去。”

这群兴奋异常的中年家长们，怀揣着有关自己孩子信息的文件夹，像拍卖会一样骄傲地售卖着自己的“作品”，眼睛里泛出希望和紧张的光芒。何时买，何时卖，都是要仔细钻研的学问，跟做投行一样，错过一个时机就错过了一生。这一买一卖，赚了还是赔了，还真是要好好计算一番呢。

“不过有一个人还不错，也是上海人，跟他家父母交换了一下手机号码。”原来爸爸的前文都是烟幕弹，这个是动真格的。

“哎呀怎么能这样呢？”林芷啪的一刀把鱼头剁下来，汁水四溅。

“这个人家的父母我们是认识的，记得搬家之前隔壁的阿婆吗？就是她的孙子，也在美国留学现在回上海工作了，家里父母都是大学教师，也算是门当户对吧。”妈妈在电话的另一头补充说，“试试看，不强求，强扭的瓜不甜。”

罗非鱼一进油锅，青烟四起，火灾警报器不识相地呜啦呜啦大叫起来。林芷赶快攀上天花板把它的电池扣出来，这个世界怎么这么聒噪？没看到过中国人做饭是吧，真是孤陋寡闻。

凌晨四点多林芷被吓出一身冷汗。手机在床头柜上拼命震动，摔到地板上把屏幕打碎了，还依然吱吱作响，顽强不息。大半夜的，还是86开头的中国号码，莫非是家里出了什么急事？林芷赶紧披衣坐起来接听。

“是林芷吗？”一个陌生男子的声音。

“是的。你是？”林芷第一感觉是谨防骗取钱财，国内现在这种电话太多了，上次回国一趟才十天就接到不少。

“我是明浩。”对方犹豫了一下，寻找适当的措辞，“我爸妈跟你爸妈交换了联系方式。”

“哦，原来是你。我在睡觉，你白天再打来行吗？”林芷闷闷不乐，明天还要上班，留过学的人难道还不知道时差？真是的。再急的事也要等我清醒的时候再说，何况这算什么要紧事。只是心疼了新买的手机，不过跟陌生人也没什么好计较的。

被吵醒后再要入睡，倒是翻来覆去花了不少时间。

十

暗流涌动

十月底万圣节以后，美国的传统节日逐个粉墨登场。整个十一月，人们见面便讨论哪些亲戚要到家里来吃火鸡过感恩节，自己准备做些什么美国传统特色菜。十二月的圣诞节，商家绞尽脑汁用各种降价策略来吸引疯狂的人们购买圣诞礼物和便宜货。到一月的元旦结束，大家方才感到要改变自己的节日模式到工作模式了，这样一年又重新开始。

这是林芷在美国的第五年。纽约拥有这样一个多民族的环境，以至于她竟然没有找到一个出生于纽约本地的朋友，而都是从外国或外州过来和自己一样的流浪者。她有点怀念在中部密歇根湖畔的冰天雪地里热情招待她度过感恩节的美国人，她有些想念在美国的大学教授家里度过的第一个圣诞节并收到无数礼物而感动流泪的时刻，她更思念那些逐渐遥远而逐渐失去记忆的国内节日。在纽约，她虽是一个中国人，却没有时间和氛围过中国节；在纽约，她算是半个纽约人，却没有机会和心态过美国节。她是一个没有节日的人，一个徒有文化回忆的人，一个走马观花祝福他人节日快乐的人。“祝Rosh Hashanah（犹太新年）快乐！”她笑容满面地对犹太客户说。“祝感恩节快乐！”她给美国同事一个大大的拥抱。“祝中秋节快乐！”她从电话中对远在彼岸的父母说。下班回到家里，她既没有尝到甜甜的蜂蜜蘸苹果，也没有吃到醉人的火鸡。当家人在大洋彼岸分享月饼观赏曾经住着嫦娥与玉兔的圆月时，她却在曼哈顿的大白天里奋勇工作。

二月初，国内的农历新年即将来临，不过这跟林芷似乎已经没有什么关系。刚来美国的时候她还看了网上现场直播的春节联欢晚会，第二年她就只挑热门的节目在网上浏览。现在除了给亲友打个问候新年的电话，也实在没有什么好庆祝的。美国春节不放假，也没中国过年的气氛，中餐再怎么正宗也不及国内，更没了上馆子的想法。再说美国的节日月份已经结束，是开始收心去努力工作的早春了。

林芷最近早出晚归，尽量避免和曹建明夫妇见面，把自己的住处权当作一个歇脚之地而已。回家睡觉，起床出门，因此也省却了许多不得不打照面的尴尬。纽约的冬天长达半年，却因为各个公共场所都有暖气设施而比上海的阴冷潮湿要好过许多。有时候林芷也问自己，要是曹建明是真的爱我，我会爱他吗？既然纽约找个男朋友那么难，为什么就不能尝试着跟曹建明培养下感情呢？可是越这么想，她越觉得这对于自己，是一种精神上和理想上的背叛，是朝着生活的反面越走越远，永远无法向内心深处的自我去交代。

适逢周六上午，一切静悄悄的，林芷在屋里难得睡个懒觉。外面太冷，一晚上的积雪在冬日苍白的阳光下缓慢地融化着，雪水从各处滴落在屋檐上的声音，在安静的早晨里回荡。淡淡的阳光透过墨绿的棉布窗帘温柔地抚在床沿，爬上眼梢，蔓延在卧室的每一缕空气里。暖气透过滚烫的管道渗透进房间，把她这个习惯湿气的江南人烤得干燥上火。她翻来覆去，不想起床却也睡不着。睡眼惺忪中听到大门打开，客厅里一阵衣袖窸窣声。按例周六一早曹太太就出门工作，女儿有英语补习班，曹建明今早也匆匆出去了。虽说房东的家事与自己无关，林芷还是略感担忧地爬起床来，以备开门看个究竟。

一个身着朱红毛衣、脚踩黑色高跟鞋的女子正坐在客厅的餐桌边。由于个子高，她弯着背蜷起来喝茶的样子，像一只烧红的基围虾。曹建明陪在一边，俩人小声说笑着。林芷假装要去厨房冰箱里拿牛奶，正巧迎面撞上他们俩。曹建明有一丝惊讶，他本以为家里这么安静一定没有人，却没想到林芷其实还在睡觉。不过处事老到的他很快就恢复了平静，向红衣女子介绍说："这是我家的房客林芷小姐。"又对林芷平和地说："这是我在律师楼的同事温蒂。"温蒂冲林芷勉强一笑，把头扭到一边去喝杯中的茶。林芷也随便应了下，赶紧回了房间。自从曹建明拆掉了绑腿以后，真是神清气爽重回自由身，因此带各种朋友来家里小聚也是常事。

林芷回自己屋吃早中饭，顺手把屋门锁上。她不是一个喜欢跟陌生人搭话的人，总是“躲进小楼成一统，管他春夏与秋冬”。这样的态度不免给她的生活带来一些麻烦，比如明明自己想一个人静悄悄地休息，别人却以为她不友好不合作。她一方面觉得生活中自己的幸福快乐最重要，不能总迎合讨好别人，另一方面又因为别人误解了她而苦恼，想方设法要违背自己的意愿去补偿；因此总是因为一件简简单单的事情而把自己折磨得精疲力竭，而别人却浑然不知。自从曹建明对她的一片痴心变成时不时地疯言疯语后，林芷实在是困惑了一番。没想到在纽约刚刚安定下来的平静生活又出了岔，而这原因又让她难以理解。如果说之前她还有意愿想要克服安静的爱好来帮助曹建明的生活走出死胡同，尽量保护一点他信仰的自由，现在她便铁了心打算给曹老头子冷板凳坐。虽然住在同一个屋檐下，心里横竖把他划出了朋友的范畴。曹建明也想努力挽回局面，三天两头哪里捡到个书架、办公椅等，就自己修修补补擦洗干净给林芷屋里添上。

隔壁的主卧室里传来了劲爆的西方摇滚乐，声音越来越响，低音炮的节奏把林芷的心震得一阵一阵的空虚，杯中的茶也开始泛起间断性的涟漪。林芷饭毕到厨房里洗刷碗筷，只见主卧室的门已经关紧。

曹建明平常对西方音乐并不感兴趣，更不用说摇滚。他的

音响里多为宋祖英等歌唱家演唱的民族歌曲，或者邓丽君那温和的情歌小调。今天却是反常，似乎并不是在享受音乐，而是制造噪音。

二月，一年两次的纽约时装周又一次华丽登场，亮相今年秋冬的时尚潮流。林芷戴上耳机，伴着T型台上千姿百态走猫步的音乐，仔细观察起电脑上模特儿那造型诡异珠光宝气的眼影、血红的僵硬连衣裙，以及她们手里拽着个火红的大狐狸尾巴，一摆一摆地招摇过市。她想起了时尚街区大型皮革店里成排成柜的动物真皮和尾巴，鲜艳地陈列着死去的生命，骄傲地展示着被人类的欲望所征服的性感。迈克·柯尔的手提包，托里·伯奇的平底鞋，卡尔文·克莱恩的香水，黛安·冯芙丝汀宝的裹身裙色彩斑斓，层出不穷。

曼哈顿的时装秀场办得如火如荼，卧室的摇滚也愈演愈烈。仿佛是趴在大地的胸膛上，不可抗拒地感受着其原始的心跳，倔强的脉动，像是有什么力量要喷涌出来，连墙体也开始颤动，或许不久就会坍塌。窗外的阳光照耀在积雪上愈发刺眼，反射到电脑屏幕，像是要夺去时尚秀的光彩。林芷不得不取下耳机，起身去拉上窗帘。只听得主卧室的房门打开，脚步窸窸窣窣走出的声音。林芷故意开门去厨房倒开水，恰见温蒂整理着长发朝客厅走来，视线触到林芷的刹那，话也不说，回头转身，竟然朝反方向的阳台上径直走去。

曹建明出来坐在客厅的饭桌边，低头吸着烟，不说话。

林芷心里大概知晓了八九分，只希望自己能立刻从现场蒸发。如果曹建明知道这一切已被自己洞察，他自然有理由怀疑她会透露给他太太和女儿知道，那自己的处境就有风险，因为他也许会设法使她封嘴。如果曹建明以为她是个不谙世事的年轻人，那么一切似乎相安无事。可是林芷内心不能平静，满脑子里装着个秘密却无人能说，就像得了偏执狂一样一直被它反复纠缠，欲罢不能。说出来怕破坏房东家庭和睦，甚至陷自己于窘境；不说相当于助长曹建明的威风，倒是对不起平日里对自己照顾有加的曹太太。

温蒂一面梳理衣服头发，一面在阳台上抽出香烟，饶有兴致地问道：“建明，有打火机没？”

曹建明从裤子背后的口袋里掏出打火机，穿过卧室推门到阳台送给她，也就没有再回客厅。林芷一个人心神不定地留在客厅边的厨房里洗茶杯碗筷。

抽完一支烟，红衣温蒂披上大衣匆匆地走了，没有跟林芷打招呼，曹建明也一同陪了出去。外面的大雪又开始下得如火如荼，寒风夹杂着雪片从四面八方向行人扑来。电脑上的秀场依然热烈，镁光灯闪烁不停，美女帅哥争奇斗艳。

十一

理想与现实

日子像流水一样飞逝，连提速的动车也追不上。第二年的九月底，中央公园里的树叶悄然露出秋日的色彩，落叶飞舞，层次起伏，气温一天天凉了下来。夏日里的缤纷彩裙渐渐消失，深色长衫大衣的影子在街头浮现，与20世纪初黑白照片里的装束没有多少差别。林芷的公司去年裁员三分之一，因此才又雇了新的人员，由于没有经验，工资很低，年终没有奖金，更不用说加工资。经济大环境不好，老板越发抠门，夏天甚至连空调都往高里调，把员工热得晕头转向。生活在纽约即使省吃俭用，也依然开销巨大。眼看自己的积蓄就快坐吃山空，总不好意思要求父母用国内的工资来支付自己在纽约的生活费用。林芷一边加紧找下一家公司，一边盘算着回国发展的计划。

坐在对角线的法国设计师文森特这天很是开心，两颊又变得通红。他像发现新大陆一样在隔壁街区找到了一家专卖奶油泡芙的日本餐厅：“林芷小姐，”他假装严肃地说，“我有好东西与你分享。”他说着将一个泡芙从包装盒里取出，盛放在小瓷碟里端过来，“尝尝，哥伦布发现新大陆。”

林芷道过谢后，一口咬下去，香甜酥软的泡芙奶油从指尖溢出，留在了嘴角，是那么令人开心满足。甜点的治愈功能实在不能小觑，烦恼似乎一下子都生着翅膀飞走了。这个家伙每天都在纽约四处闯荡，像小动物一样专门搜寻好吃的饭馆点心，把周围的人给馋的。文森特看着林芷忍不住笑了，细长的睫毛在浅蓝色深邃的眸子里倒映出影子来，刹那间让林芷想起了某个电影明星，不由得心生嫉妒，为什么这睫毛这眼睛不是长在我脸上。

这天，公司要从仓库搬运一批货物去参加贸易展会，林芷和另几个女生被分配到打包、护送货物和布置会场的角色。这工作基本是体力活，本不该让女生来担任，况且只给每小时十块钱的薪酬，去掉税到手只有七块多，也就是纽约州的最低收入。林芷心里一万个不愿意，却又怕被裁员丢掉工作身份，只好咬咬牙答应了。又一个周末泡了汤。

林芷一大早来到公司位于曼哈顿中城区的仓库。今天要做的事情是打包所有的货物，联系货运公司的大货车，押车到位于曼哈顿西端的乔维斯国际会展中心，确认货物是否齐全并结算给货运公司，开箱取出展会所需所有物品，清理并布置陈列展会摊位。林芷看着这一大堆灰尘满满的展示柜、展览架、地毯、吊灯、装卸工具，以及十几个重得无法挪动的货物箱子，觉得这任务实在是艰巨，幸好有经验丰富的南茜小姐带队，否则真是无从下手。

下午一两点钟时，货物总算顺利到达展览摊位。林芷忙着用螺丝钉把展览框架组装起来，一时累得腰酸，便坐下休息。这时一个穿着格子衬衫、身披卡其布色小夹克的身影急匆匆地朝这边赶来，手里提着个浅粉红色塑料袋。

“真是不好意思，我刚刚才知道今天要布置展厅，就连忙过来了。”文森特一边抱歉地说，一边打开塑料袋，是冰镇的果汁和奶油泡芙，“大家先休息下吧，我来帮忙了。”说着拿过林芷手里的螺丝起子准备干活。他最近回法国休了两周假，今早刚从机场回来，浑身散发着灿烂阳光，让灰头土脸的林芷从暗淡的情绪中清醒了过来。

文森特架起折叠梯子，把大吊灯和公司的标志安装上，再固定了一圈射灯，重点照射几款精品首饰和新款成衣，整个摊位终于呈现出一丝展销会的氛围来。忙到晚上七点多，所有的货物皆已上架，地毯铺好，灯光角度调试完备，角落里用木板屏风分割出了狭小的储藏室。本来应该是五点半下班，现在已经快八点了。林芷下午吃了文森特带来的点心，肚子倒是不饿，可是体力透支，弯腰起身的瞬间眼里直冒金星。“也许闯纽约这种事真不适合我。”她黯然地想。

一个上海人家的独生女，在家里是人见人宠的千金小姐，如今跑到纽约来折腾，真是有苦说不出。父母本来就十分反对她远走他乡，心里更是一万个不放心，还是在林芷的万般劝说下才忍痛割爱。因此再苦再累她也只能报喜不报忧。只好怪自己太固执，一定要将理想主义进行到底的傻劲儿，如今后悔都来不及了。

“你最近看上去脸色不好，是不是有什么心事？不要憋在心里才好。”文森特把大布帘拉开遮住整个公司展区，做一些最后的收尾工作，“等下去星巴克喝点东西休息下再回家吧。”

林芷此时是又累又渴，最想靠着个沙发陷下去喝口热饮，再也不用爬起来。反正还要回公司取包，公司楼下拐角处有家星巴克，坐会儿也好，乘地铁回家还要一个多小时，也不知道有没有座位。

每年像这样的展销会在纽约有两三次，每次都要这样折腾，年末又有拉斯维加斯的会展，也是公司的主要销售目标之一。林芷记得上班第一天老板在办公室对新员工谈话，扑面而来的就是整个墙面的美国地图，上面密密麻麻地插着各种颜色的小旗帜，简直是个军营。老板自豪地说，做生意推销产品就跟打仗一样，一个一个城池的占领，天时地利与人和缺一不可。由于公司在加州有分部，因此拉斯维加斯的展销会老板就会派员工从洛杉矶开车送货到拉斯维加斯。这个旅程并不短，连续直开大概需要五六个小时。

老板问林芷："你会开车吗？"

林芷老实说："会是会，但是没有美国驾照，只有驾驶准许证。"

老板说："那你也可以开，只要旁边坐一个有驾照的人就可以了。"

"不行不行，我连高速公路都没有开过，一定成为'马路杀手'。"林芷连忙摆手。老板饥不择食，抓住个人就使劲把你的油水汁水都挤出来。林芷为人工作可以，卖命可不干。

初秋的纽约，夜色降临得越来越早。从会场出门，向右走过展区的宽敞建筑群，放眼可见哈德逊河上高耸的游艇从会场建筑的背后缓缓地驶过，琳琅的灯光从船舱的窗户里透出，映衬着深青色的天幕。会场离地铁站有三个长街区要走，布置完展区的工作人员都已劳累，三三两两地朝河边的公交车站走去，等候开往市中心佩恩枢纽车站附近的公交车。

佩恩枢纽车站是美国最繁忙的中央火车站，联结着从纽约出发到全美各个城市的火车。车站坐落在曼哈顿中城的时尚区域，一年四季从早到晚遍布着匆匆赶路的旅人和工作者。文森特和林芷坐在街角的星巴克，面朝街道的落地玻璃窗，看着千姿百态的人们从地铁站出口或急或缓地浮现上来，像游魂一样。

"今天真是够辛苦的。"文森特买来星巴克咖啡，靠窗坐下，不平地说："老板付这么少的报酬让你们小姑娘做这么重的工作，实在是荒谬。而且这也不是你分内应该做的事情，你迟早得想办法离开这里。”这个小小的法国人很喜欢打抱不平，也许巴黎人在国际上的坏名声就是这样培养起来的。

“那你不离开？”林芷问。

“我也在观察和寻找合适的机会。不过纽约现在形势不好。”文森特认真严肃地回答。这对于爱开玩笑爱打抱不平的法国人来说真是罕见。

“你们法国人对美国人是怎样一个看法？”林芷好奇心又冒上来了。

“美国人嘛，不注意健康饮食，快餐食品、荷尔蒙肉类、恶甜的碳酸饮料，把自己个个搞得肥头大耳；穿着也没有品位，T恤衫、短裤、球鞋，在欧洲一看这种打扮就知道是美国人；说话大声吵闹，不注意礼节；个个都是工作狂，不懂得休闲的重要性……”文森特滔滔不绝地列着美国人的缺点，透露出法国人民骨子里的高傲。

“那我就真纳闷了，美国这么不好，你好好的欧洲不呆，干吗要到美国来？”林芷问。

“不错。我们那边一年的带薪假期都不止一个月，而且工作压力远远没有这边大。这边一年只有十天假，像我们这样的外国人回国一次就哪里都去不成了。不过现在欧洲经济不景气，工作也难找。相对来说纽约机会多，工作的回报也更丰厚。纽约不是一个可以长久驻留的地方，不过对于年轻人来说，在这里积累工作经验，将来到哪里都是一笔财富。”文森特说话间流露出一丝无奈，“其实现在中国发展那么快，也许将来去中国发展也不一定呢，年轻人应当到处跑跑才好。”他打趣着说。

坐在他身边，林芷闻到一丝淡淡的香水味。她似乎有些喜欢这香气，刻意去吸取时，仿佛倒是不存在。只是在有意无意地谈吐间，丝丝地游移过来。林芷想起闻香识女人的话，或许这话在曼哈顿也适用于男人，更何况是巴黎人。

“你现在是什么工作身份？工作签证还是绿卡？”文森特问道，把林芷从遐想中抓了回来。

“工作签证。你呢？”林芷答道。

“我是绿卡，最近才拿到的。我之前注册了美国绿卡随机抽奖项目，一不小心就抽到绿卡了，呵呵，你也应该去注册一下。”文森特得意得眉飞色舞。

“我当然也想。那样我就不用可怜巴巴专找愿意帮我办签证的公司工作了，就业范围可以宽广无数倍呢。赶紧告诉我网址，我立刻查查。”林芷说着在手机上搜索起来，刚打算注册，看到一条令人扫兴的要求：中国、印度等一些国家的公民是没有资格申请这个抽奖的。林芷面露不快，不过并不打算解释给对面坐着的这个涂着古龙香水的法国人听，这关系到民族感情，人家已经对美国人有这么大意见，可得注意他对中国人的看法。人在国外言谈举止多少代表着自己的国家，得小心才是。

文森特看出了林芷的犹豫，也没有再问，继续说：“我知道现在大家找工作都难，何况是满意的工作，而且像你这样要公司申请签证，就雪上加霜了。我有个印度朋友，也是工作签证申请绿卡，在等绿卡期间的五六年里被公司残酷剥削，没有奖金没有加工资，还总是加班。他也一直忍着，我真是佩服他，等一拿到绿卡，他就赶紧离开了那个可怕的地方，现在的待遇都很好。当然我也不是说支持你像他那样学会忍耐，毕竟工作在你的生活中占有很大的比例，如果这样不开心地度过也太悲哀了，所以要时刻准备好迎接新的挑战。”

“你想家么？”林芷忽然问。

“想的。”文森特轻轻地说，“早晚总是要回家的。”

“也是。你们法国人是不可能移民的。法国的文化历史强多了。”林芷通常对外闭合的心结渐渐被打开，“说真的，我最近也一直在考虑一个问题，就是我是不是该回国了。大家出国前无非对美国，特别是纽约抱有幻想，觉得可以在这个城市里体现出自己的人生价值，得到事业的提升和人格的尊重。现在看来前程迷茫，每走一段路都会有无数阻挠腾空出现，防不胜防。我从小是独生子女，有重大的事情都是跟父母商量着解决的。我初来美国时一个人都不认识，半夜被飞机扔在了荒无人烟的美国乡下，胆战心惊地被第一个发现我的陌生人送回学校。到纽约之后，寻住所，找工作，跑律师，搞签证，从零开始用外语建立新的社会关系，一刻都不敢放松。我觉得好累，喘不过气来。”林芷感到一丝寒意，双手捧着纸咖啡杯取暖，一眼望到他那副蔚蓝色的眸子里去，忽然不好意思又低头玩弄咖啡杯滚烫的盖子。

“你回去不怕环境污染吗？最近报道说中国东部的许多城市都有严重雾霾。你喉咙不好，身体敏感，回去可怎么生活呀？”文森特充满了批判精神，也充满了担忧。

“其实没有那么坏，是西方的媒体夸大了，真的。”林芷下意识地保卫起祖国的形象，觉得与自己的尊严密切相关。可是在内心深处，她满不情愿地告诉自己，文森特也许是对的。

两人沉默了半晌，抱着咖啡杯望着窗外匆匆的人流。林芷说：“至于赚钱养活自己这回事，我也有找到过一些工作外的单子来做，但是你知道外国人有许多限制，接受其他公司的任务，按理说是非法的。所以即使有机会可以多赚点钱，也不敢，万一银行支票上查出来，可能就要被遣返回国也说不定。”

窗外开始下起淅沥小雨，雨点打在玻璃上，把原本霓虹灯参差闪烁的曼哈顿闹市变成了一幅流光四溢的水彩画。林芷伸出手指敲了敲玻璃：“你看，真漂亮。”

“如果有必要，你可以让他们在支票上写我的名字，我再把现金取出来给你。别担心，总有解决问题的办法。”文森特若有所思地望着林芷，诚恳地说。

“那你可是协同犯罪哦。”两人大笑，林芷虽然并不打算这样做，但是心里却好受了些。她从他那浅蓝色的目光里，感受到了一缕黑暗隧道里的亮光。

“退一步来想，就算是我们在纽约感受人生吧。我们还年轻，不要计较太多如身份金钱等的身外之物。抓住纽约可以提供给你的资源，充实自己，体验过程，激发灵感，探讨生命意

Human powered music discovery
rdio
KID
34 Street
Penn Station
A C E
Enter across 34 St

佩恩枢纽地铁站出口

义，岂不是更有趣？”文森特将手往空中一扬，释放出一个洒脱的微笑，似乎瞬间扔掉了一切束缚，只有两个人在这灯光迷离的雨夜畅想各自的纽约梦。

毕竟工作是用来支持生活的，而不是用来主宰生活的。你最终需要的是使你的生命更丰富更幸福，而不是为了金钱或地位而丧失了自己。林芷揣摩着这些充满激情的句子，怀疑自己是否真的能这样放得下。国内的日子似乎是半个世纪以前的事情，是模糊而不可捉摸的历史，只有偶尔被国内的电话问及结婚和买房子的事，才猛然跌落回现实。纽约的生活，是浮在半空的梦境，一时间也醒不过来。自己像是被抛弃在时间和空间的范畴之外，不知身在何处，该朝哪个方向走。唯有坐在身边的这个外国人，才给自己带来一份活着的真实感。

喝完咖啡，两人告别后各自进入不同的地铁站。纽约的地铁，在闷热多雨的夏秋之交，令人特别难以忍受。站台里百味交杂，扑面而来，躲闪不及。无家可归者，沾着满身的灰尘，拖着破旧的大包小包，在老鼠活跃的轨道边大摇大摆地走过，把靠在站台边等车的人都熏得躲到站台的另一侧。一个卖艺的小提琴演奏者，挥汗如雨地向乘客们微笑着，刚开始连贯起来的曲调被淹没在进站的隆隆地铁声中，脚下的盒子里多了两张灰绿色的纸币。打鼓的黑人奋力摇摆着头与四肢，任凭车来车往，始终不变他那激昂有力的拍点，一声声共鸣到人们的血脉里去。

十二

FIFTH AVE.

罗宾的威风

老板的得力助手罗宾女士是移民美国多年的天津人，早些年嫁了美国人。在办公室里除了老板以外，大家多少都听她的指挥，连南茜小姐也不得不让她几分。她的母语虽然是普通话，却从来张口就是流畅而犀利的英语，除非和不会讲英语的工人说话才偶尔说句中文，并且语调奇怪。这天在与客户交流教堂趣事之后，她用英语问了林芷一句："你的宗教信仰是什么？"

"我……不属于任何宗教团体。"林芷迅速思考了一圈，有点慌乱地回答，本来想说自己是无神论者，担心似乎太直白不大好，毕竟普通美国人民是很传统的。而罗宾到底是属于美国群众还是中国人民的心态，也实在是说不准。

“跟我打交道的中国人大多信仰佛教的。”罗宾说，一副惊叹而教训的口气。

“没有吧，大多数中国人都是无神论者。”林芷压低了声音，干脆说出来，虽说这是事实，却担心是否会得罪人，因此变得有些气馁。

“啊……我无法想象你的家人在没有宗教信仰的情况下是怎么培养你的？”罗宾装作自言自语，眼珠子朝着天花板翻了几下。林芷本来想大声说道德的培养不需要宗教，不过为了避免办公室冲突，决定还是算了。

“今天早上老板又有一个紧急项目要先做，既然您给我的项目并不急着赶时间，那我们是否可以往后推一推？”林芷每次跟罗宾谈工作问题，都得小心翼翼在头脑里反复打好草稿，生怕又被罗宾的一连串反问句批判得体无完肤哑口无言。老板总是一副老好人的样子，说要体恤员工照顾大家，回头罗宾实行方案，完全不顾老板的说法，把大家往极限里逼。

“哦哟，别人的项目都重要，就我的不重要？”罗宾说着一把拽住林芷的手臂，“来，我们到会议室谈。”林芷像是打仗失败被俘虏的士兵一样，怀着等待救援的眼神紧张地朝南茜小姐的方向望去，却在她抬头的瞬间又放弃了。

这下好了，林芷心想，本来是一句话的事情，现在变成了一场会议。会议室三面是落地玻璃长窗，对街的高楼把阳光反射镜似的投入这狭小的房间，像是一个被聚焦的温室，蒸气腾腾，让人睁不开眼也喘不过气。只有涂着亮漆的会议桌，在那里安静而呆板地倒映出两个人僵硬的影子。

“你看你，这不是又在浪费我的时间了？”罗宾瞪着褐色而深陷的大眼，挺胸甩了甩头发，底气十足地说，“凭什么要推迟我的项目时间？我看你就是不尊重我。我把有价值的项目给你做，你倒好，一点不赏脸，还拖拖拉拉的！告诉你，我不管你时间够不够，你就得把我的项目完成好，还得超额完成，我可不会因为时间给你降低标准。这是我应得的。”罗宾气势汹汹地说完一段，喘了口气，更加神气起来，又说，“我跟你说过多少遍了，有事情自己解决，别来找我，我还有自己的工作要做，真是的。你倒是说说，你什么时候才能不麻烦我？”

林芷记得上次罗宾对自己敲警钟，什么事情都得她过问才行，否则她就要发脾气，抱怨林芷不把她放在眼里。如今按她的要求向她征求意见，却被她拉到这里开会批评，到底是谁在浪费时间？真不知道如何是好，满脑袋嗡嗡作响；林芷更不想解释，她知道罗宾会在她还没说完一句时又找出其他缘由来把她奚落一番，那还不如把话闷在肚子里早点结束对话为好，省得多受气。没等林芷开口，罗宾又说：“我本来也不想管你的，你又不是我朋友，我用得着帮你吗？只是我被老板要求管你，也没有办法，算是我的工作职责了。你就帮帮忙吧，否则要我怎么完成工作？”罗宾显露出无奈的语气，林芷的心像被钳子夹着闷闷地疼痛。

林芷不记得是如何结束这场对话的。唯一的印象是头脑一片空白，从光亮的会议室退回到自己幽暗的格子里，对着大屏幕上的电子邮件半天读不出一个字来。戴上耳机的瞬间泪水却再也憋不住地流淌下来。躲在镜框下的两眼朝四周谨慎地观望着，怕有人看到传到罗宾的耳朵里又引来她一顿针对自己居然在办公室情绪化而引出缺乏专业素质的训话。当然也有人会真心地嘘寒问暖，可是她不需要这些，她只希望一个人待着。这时坐得离火灾逃生门很近似乎成了极大的优势，趁人不注意侧身推开紧急出口的门便往楼梯间冲了下去。

不知道朝下奔走了多少层，林芷一弯腰坐在楼梯的台阶上，放声大哭。这里没有人会进来，没有人会在乎。只有浅绿色的墙壁和幽暗单调的节能灯，一遍遍重复着向上下盘旋延伸。自己为什么要留在纽约？一直在想这个问题，却永远找不到确切的答案。当初对纽约的梦想光环已经渐渐褪去。在这些外表金光灿烂的大厦里，是一颗颗孤独的心灵，一群群把自己的生命往未知里博弈的人们。也许是重新选择生活轨迹的时候，也许是改变生活方式的时候，也许是打开心灵接受新思想的时候。总之，必须是要改变了。

不想回到方格里的座位上，不想让同事看到自己红肿的眼。纽约人一向以强硬著称，来这里就得做好心理准备，否则又被罗宾看到说：“你在这里干吗，我看你还是回国算了。对了，你为什么还不回国呢？倒是跟我说说理由？”每次被罗宾这样问，林芷总是满脸通红，非常尴尬，逃不开罗宾咄咄逼人的目光直视，只好随便找个理由先搪塞过去再说。以至于每次上厕所经过罗宾的办公室，都心跳加速呼吸急促，真希望她看不见自己才好。而每次听到罗宾特有的高跟鞋敲击地板的声音越来越近时，林芷也立刻戴上耳机假装专注于工作而不用跟她打尴尬的招呼。要是上下电梯，远远地看见罗宾在前面，林芷总会放慢脚步等下一班电梯。如果罗宾在后面，林芷就会加快脚步，争取在她靠近自己之前消失在她的视线里。否则谁知道她又会找出一堆怎样的理由来表现她的高人一等，敏感温和的林芷实在是吃不消。

人总是时不时地有惰性想依赖他人，可是人生这场电影的主角归根到底是自己，没有人可以替代。当彻夜难眠辗转反侧思念家人，当孤独寂寞流离失所举目无友，当四面碰壁痛哭流泪压力难耐，当满腹言语思绪万千而拙于用外语表情达意，这时候多么希望走出一个人来，伸出双手说："别担心，我可以帮助你。"不过这个人是否会出现，何时何地出现，总是充满着不可知的因素。有人认为此人是耶稣，便虔诚地皈依了去，获得身心的片刻宁静，像曹建明那样，只有周日上午这一刻也好。林芷对于纽约的最初憧憬随着时间的推移一点一点被吞噬掉，回国的情绪也一波一波地高涨起来。

手机屏幕忽然亮了，是暗夜中的一束星光，饱含着一丝细小的希望，好像原始人居住在黑暗的山洞里，唯有手上的一把火苗才是安全和梦想的保障。只不过这光束却是社交网站脸书上的留言。点开一看，是埃利奥特发来的图片：一幢木结构的别墅在森林中安静地伫立，周边环绕着高耸的墨绿色树木，屋前绵延铺展着修理齐整的草坪。另一张室内的图片，一座巨大的石砌壁炉，里面黑烟布满的墙面显示屋主刚用过不久；壁炉前上方的栗色原木墙壁上，挂着一对纵横伸展的鹿角，几分野性。

“这是我在加拿大附近的林中小屋。”埃利奥特留言说。

底下一张新图片跳出来，一栋双层纯白色建筑，门前一排高大雪白的石柱，支撑起三角形的屋顶，像希腊神庙，也像华盛顿的白宫。

“我在萨拉图加的房子，有两百年的历史哦。”林芷虽然看不见埃利奥特本人，却可以感受到他扬扬得意的神情，他一定认为她惊讶极了，像刚从农村出来到大城市读书的孩子。

“我很乐意带你参观一些我的不同世界。”埃利奥特留言。

“为什么？”也许应该说感谢的话，不过林芷却在潜意识里拥有着天下没有掉馅饼的念头，因此总是很警惕。

“因为我很想让你了解我那世界的一角，我猜你那时候的表情一定很有趣。”埃利奥特写道。

林芷没回消息，手机自动上了锁。男人总爱以丰富的资源来诱惑女人，可是内心拥有丰盛花园和充足阳光的女子，是什么也动摇不了的，即便暂时陷入困境。

朝楼底一步步走下去，转了好多层的圈，终于从一层楼的门出去，还好没有人注意。看到门卫的时候，依旧笑脸如花般地开个玩笑，似乎一切都没有发生过，假装去隔壁买杯咖啡，顺便去透透风。南茜小姐在开会，被老板扣留了一上午也走不开，纵然知道林芷的处境，也是鞭长莫及。何况这类事情几乎每周都要发生一两次，林芷也不好意思总把负面情绪传给她。而上次罗宾要求文森特为她的项目加力，他断然拒绝了，因此两人关系一直不好。可是亚洲人不知何故对西方人总有些惧怕心理，自此以后罗宾也不再去麻烦他。倒是林芷太听话，况且也是中国人，总被罗宾折腾得坐立不安。文森特有时候会对林芷恨铁不成钢："不要憋在心里，有话一定要说出来。不要老是答应，也要学会拒绝。你有时候就是待人太好了！"

林芷很羡慕文森特的独立精神，当自己的利益遭到侵害的时候，就毫不犹豫地站出来说话。虽然她知道他是对的，不争取怎么可能被尊重。可是自己却很难做到，不知道是性格内向的原因还是从小被学校习惯性机械式灌输教育的结果，总之有一种趋向于忍辱负重的受虐者心态，最后总引得某些人变本加厉地把自己折磨得心神疲惫。有时候她甚至心里会默默地希望别人能够站出来在老板面前帮自己说话。她觉得文森特是资深设计师，又是男士，还是欧洲人，他在老板或罗宾面前摆个姿态说句话人家自然也要掂量几分；而林芷只是个涉世不深的小女子，若也像他那样无畏地去争取，吃亏的也许会是自己，因此便时常挣扎于表达自己独立意愿和乖巧顺从中难以抉择。若能像欧洲人那样自信满满毫无畏惧地说话该多好，她常常感叹。

"看看你，"罗宾对林芷说，"我这可是特意抽时间来给你指导的，一般人我还不搭理呢。到外面去可叫职业咨询，是要收费的，一小时几百美元的那种，你在我这里可是免费。我待你多好呀，你也不好好珍惜。”说完脸上表情一板一眼，从林芷身边走过，仿佛很厌倦的姿态。

“一切还好吗？”文森特靠在林芷的写字台边悄悄地问道，眼睛示意着罗宾的方向。这办公室是开放式空间，冠冕堂皇的说法是便于同事交流，其实是隔墙有耳。罗宾虽说坐得不近，大声说话还是会被听到。

“还好，就那样了，还能怎样？”林芷悻悻地回答，看着他蓬松的头发像一个倔强的枝丫一样伸展向半空，不禁哑然，刚才那紧绷的心跳也渐渐地平息了下来。唯一掩饰不住的，是毫无知觉从左眼角流出的一行泪水，暴露了内心深处的委屈。

“我也感到很不好受，她这样做是不对的。”文森特拍拍林芷的背，“要快乐，其他都不重要。每天除了睡觉要在办公室里度过百分之五十甚至更多的时间，别跟自己过不去。你是个聪明的孩子，我相信你。”

下班了。林芷披上外套，无精打采地走进每层都停的电梯，直到电梯被塞得跟肉团一样。人群像洪水般从曼哈顿的高楼大厦里倾泻出来，蔓延在横平竖直的大街小道里，像迁徙的候鸟，朝着地铁站的方向成队列前进。林芷慢慢地走着，不时被身后匆忙赶路的新旧真假混杂的纽约人碰撞得东倒西歪，一阵阵“劳驾”的声音，即使在一天工作结束之后，也依然充塞着焦急的语调。西装革履的男人大步流星，领带随着每个避让的姿势摇摆在胸前。穿着职业套装的女士，齐刷刷脱掉刚才还在办公室里踩着的那双显示级别的高跟鞋，换上平底鞋，舒舒服服地往回赶。路过公园的时候，大家的步履稍稍放慢，有的安安静静地驻足欣赏大理石喷泉边的小提琴演奏，有的围拢起来饶有兴致地观看别人玩意大利地掷球，有的聚集在大树下聆听作家或诗人朗诵介绍自己的作品。林芷走进公园的草坪，坐在绿色油漆的铁椅子上，暂且歇一会儿吧。还算好，有这样一个去处，可以呼吸新鲜空气，放松一天紧张的情绪。

白昼渐短，夜晚变长。原本到家还天亮的日子，现在已是黄昏。林芷朝着西边远望，抬头的瞬间，只见在高楼的簇拥中露出一条狭长的天空，被染成由晕红到鹅黄到青兰的裙带，直上云霄，消失在天际。华灯初上，又一个周末，自己离梦想的距离越发接近了吗？只有大理石的喷泉汩汩地流淌，反射出天边的余晖。

不远处的第五大道，人潮翻涌，色彩艳丽，声势浩大。这是一年一度的纽约同性恋大游行。彩虹旗帜迎风飘扬，绚烂异常。珠宝设计师乔，正装扮浓艳，盛装出席。他戴着彩色的长发，挂上鲜艳的宝石，跳着骄傲的舞步。路两边兴奋呼喊的人群像海浪翻涌，即将吞没那些正沉浸在音乐与舞蹈中的表演者们……

十三

吉雨回国

西蒙的老家在加州，因此吉雨和西蒙飞到加州办了一个小规模的婚礼，婚礼邀请的人大多是西蒙家里的亲戚和他的好友。两个人之后又回中国办了个大规模的传统婚礼，主要是女方的家人朋友参加。现在国内办婚礼总有声势浩大的趋势，虽然小两口无所谓，老人们却坚决要把婚礼办得有模有样，撑足面子。

林芷最近工作是越来越忙，老板催促着她自己出钱办工作签证，也算是同意将她从实习生转成正式员工，却丝毫不理会林芷要求涨工资的合理请求。林芷再一次见到吉雨的时候，是参加吉雨和西蒙宝贝的满月酒。转眼一年已逝。吉雨结婚、搬家、怀孕、生子，在这一年多的时间里闪电上演。林芷却还依旧孑然一身为找一个更稳定的工作而奔波面试。这天望着圆桌上丰盛的珍馐佳肴，吉雨一家三代会聚一堂，有说有笑，林芷免不了回想起国内的过年情景。已经很多年没有和家人一起过新年了。在美国，自己还是一个人。

吉雨本来计划顺产，可是在生产过程中困难重重，最后免不了肚子上挨了一刀，在床上歇了一个多月。幸而把父母从国内接过来住几个月帮忙照顾孩子，解了燃眉之急，恢复得也比较好。不过父母在这里待久了就无精打采天天挂念着回国。一来他们在新泽西州租的两室一厅离任何公共交通都需要走很多路，不会开车就只能困在家里寸步难行。二来住宅区离买菜买生活用品的区域也不近，老人家出门又不会说英语，越走越糊涂，迷过两次路就害怕了。三来周围的社区没有中国人，美国老人又不像国内老人那样喜欢聚在一起说笑，因此老两口没有任何社交活动，更不用说朋友。整天坐在家里照顾孙子，电视节目还都看不懂，时间一长要生出抑郁症来。

“我觉得自己来美国最大的收获就是找到个好老公，其他都是附带品。”吉雨笑说，“生了个胖小子，并顺便拿了个文凭。终于是在三十岁之前把所有的任务都完成，可以告老还乡了。”她又叹口气对林芷说，“可是总是不够快乐。上个月带孩子回国一趟，和全家老老少少都见了面，特别是爷爷奶奶那个高兴劲儿，好久都没有这么热闹了。飞了国内好几个城市见朋友，各处山珍海味尝遍，才发现自己在美国真是可怜，就算是在纽约中国城，也根本尝不到这么地道可口的当地菜，单单

吃不到阳澄湖大闸蟹这一项就快把我憋死了。真是想回国。”

林芷说：“你不觉得小孩子在美国成长环境会好些？至少没毒奶粉啥的影响心情。”

吉雨说：“现在我们还年轻，不能因为小孩子就牺牲自己的前程。我们都不是有钱人家的孩子，有爸妈买单付学费生活费。一边读书一边廉价打工挣钱养活自己，这种艰辛你不是不知道。想当年刚来美国的时候简直是天崩地裂，话听不懂也不敢说，却要强迫自己去教本科生来免除自己的硕士学费。花很长的时间备课，还一直胆战心惊害怕学生在上课时刁难自己问出听不懂的问题。下课后既要做自己的功课，还得批改本科生的作业。美国人读一个小时的阅读材料，我们查字典做批注前后要花四五个小时才搞懂。往往是半夜十一点多回到寝室，已经累得倒在床上喘气，还得做晚饭，以备明天中午带饭吃，因为外面的不好吃还特贵。想打个电话回国都没有时间，只好放学坐班车的时候在车上一边做作业一边打。想想这些过去的日子，如果可以遇到当初的自己，一定要狠狠地拥抱并感谢她。也要年轻才行，现在再让我去这样闯，已经闯不动了，也没精力了。”吉雨一边逗着小孩玩，一边语重深长地说，“我爸妈好不容易熬了几个月回国了，现在西蒙的爸妈有时候住过来帮帮忙。但你知道的，他们住在加州，过来一次也不容易，而且饮食习惯都要照顾，我是盼星星盼月亮他们可以早点回去，这样我和西蒙至少还可以出门玩玩。”

林芷提议说：“小孩子没人看可以请个保姆，这边中国保姆价格便宜的也很多，以你老公的收入根本不是问题，也不一定总要把爸爸妈妈接来一起住压力这么大。”

吉雨说：“这个倒不是主要问题。待在美国我就是莫名地觉得压抑，从生活上到职业上，到处都走不出来。就算在公司里，我一个亚洲女生，怎么也不可能被提拔到管理层，就是有再好的战略，一用支零破碎的英语表达出来，就没有人把你当回事了。幸好西蒙有时候可以帮我修改文案和表述语言，但压力还是很大。这个一时半会儿也是没救的。”

吉雨感慨道：“自从怀孕以后我的心态就变化很多，人总是要叶落归根的，在国外的生活再有滋有味终归是过客。特别是做了母亲，看着自己的小孩子长大，有一种特别强烈的愿望希望他能够学习中国文化，这种氛围是要浸透到血液里去的，跟在美国学中文完全是两码事。就像在美国的中餐馆里吃左宗棠鸡怎么可能知道什么是真正的中国传统饮食文化。”

“那你老公怎么看？他虽然有张中国人脸，却是个地道的美国人。他也愿意跟你一起回国？”林芷问。

“中国现在发展如此迅速，美国人也不得不惊叹。你看那么多美国家庭都在让自己的孩子学习汉语作为第二语言。虽然他们还搞不清楚普通话和广东话哪个是中国话，但毕竟中国的影响力是大了。西蒙他们生意人最好有机会能到中国去发展，如果将来他到了哪个企业的高层，又有西方背景又有亚洲语言和工作的经历，到哪里都吃得开，因此对他来说也是个机会。就算实在干不下去了将来还可以再回来。”吉雨又说，“我说要不你也回去算了，越晚回去成本越高。”

林芷心里自然是想家，可是现在回国对于她个人来说还不成熟。吉雨在国内时工作了几年再出国，因此已经有好多年工作经验，并且用她自己的话说是完成了三十岁前女人该完成的所有任务。林芷可才刚刚开始，整个纽约城引诱着她去探索去折腾。

林芷在美国硕士毕业后，由于金融危机工作难找，大多数国际背景的同学都回国了。美国同学多是学校周边地区就近入学的，因此到纽约来探路的就她一个人。好不容易工作期间认识了吉雨这个朋友，现在也要回国，林芷忽然觉得特别孤单。虽然每天都要经过人潮涌动的中央车站，看到繁花似锦的商店街景，感受到如织游客的喜悦与憧憬，纽约却是越来越冷，走在街上，只看到自己的呼吸在空气里游荡，仿佛寻找着某种依托。好几次，林芷都有一种想拉住路人说话的冲动。她忽然了解了那个陌生老婆婆在地铁上向她倾诉的心情。

一年一度的圣诞节即将到来。曼哈顿第五大道的橱窗里汇聚着全世界最前沿的时尚展示艺术：波道夫·古德曼高档百货店展示那纸醉金迷的20世纪30年代艺术装饰风，路易·威登绚烂的色彩搭配而不失华贵本色，摩纳哥会馆用金色营造出奢华复古风，人类学百货用细碎的白纸营造出冬日雪地里的波希米亚情调。世界各地的游人接踵而至，在惊讶与赞叹声中一饱

圣诞节第五大道橱窗

眼福。洛克菲勒大厦前已矗立起二十多米高的圣诞树，张灯结彩，在夜色里熠熠生辉。树旁各国彩旗招展，映衬着人造溜冰场中人们兴奋而欢快的笑脸。一阵铃声响起，萨克斯第五大道精品百货店的古老墙面上闪动起缤纷的动画图案，最后跳跃出“节日快乐”的字样。街道堵塞了，人们沸腾了。大家纷纷抬头，一边观赏动画一边啧啧称赞，拍手叫好。纽约的节日，不是一般的热闹。

十四

曼哈顿探访

如果说法拉盛是纽约华人的后花园，那么曼哈顿便是他们奋斗的前线战场。每天早晨梳妆打扮认真着装，风风火火地挤上七号线地铁；每天傍晚身心疲惫妆容黯淡，靠在地铁的把手上盘算着晚饭的内容。七号线从曼哈顿时代广场游人的喧嚣中缓缓驶出，经过中城美丽的布莱恩公园，辉煌雄伟的中央车站，穿越东河，来到各民族文化交汇的皇后区：木边区无忧无虑的菲律宾人，杰克逊高地衣着华丽的印度人，科罗拉公园附近热衷派对的墨西哥人，当然还有法拉盛里辛勤工作的中国人韩国人。蜿蜒的七号地铁线像一条色彩斑斓的拉链，把各族人民各种文化和平而紧凑地连接起来，每过两三站就是一个不同民族的聚居点，不同口味的正宗民族菜肴汇集于此。法拉盛是七号线的终点站，也是起点站。地铁把在曼哈顿工作一天的华人送回家以后，空荡荡地开回时代广场，顺便带上几个前来法拉盛猎奇的曼哈顿人，一天二十四小时不停歇。

这日曹建明一早起了床。对着镜子在自己油光闪闪的脸皮上抹一层白花花的刮胡膏，细细地把胡子刮了一遍，手指摸上去光滑柔顺方才满意。新买的帽子正好遮住秃顶，在镜子里顿时年轻了几分。天气虽然闷热，西装却是必需的，皮鞋也要擦拭得锃亮，清清楚楚反射出他明亮的心情。虽然律师楼的总部在曼哈顿中城，他倒是很久没有进城了。一是最近把重点放到法拉盛的客户上，二是尽量在离家近点的地方好照顾初来美国的女儿。因此今天出去，心情就像是去面试一样不免紧张，赶紧小心谨慎地把自己装扮好，曼哈顿人可最看重着装体面。

曹建明一路快步走向七号线地铁站，不由觉得自己身轻如燕，朝气逼人，比隔壁韩国超市中搬运蔬果的墨西哥小伙还要强健，比中餐馆里主持饭菜的大厨还要霸气，周围一切的人或物跟他的心情比较起来都相形见绌，黯然失色。他像一支撑满弓的箭一般，势不可当。

展示厅过道两侧墙面，是高大的落地水族馆。火红绚丽的蝶尾如舞娘一般摇动着透明的薄纱舞裙，银光灿灿的金龙鱼悠闲自得地从水箱的一端缓缓游向另一端，五光十色的热带鱼高高低低团团簇簇或急或缓地四处追寻。老板要求员工每天一

七号线地铁站

早要轮流给鱼缸擦洗，定时给鱼喂食。如果听到有鱼死去的消息，他总会一天愁眉不展，据他说那预示着生意即将面临困境。因此员工一旦发现死鱼，就像保守革命秘密一样地偷偷摸摸清理完尸体，不向老板透露一点风声。

林芷在展示厅的走道里隐约听到有人用中文交谈，这可不多见。虽然老板喜欢雇用亚洲人，但是客户基本上都是美国人和欧洲人。老板甚至都不敢去亚洲市场，说是怕被别人抄袭。

“先生您今天来得太是时候了。我们刚刚发布了秋季的新款，面料舒服，色彩正是现在流行的色块对比。摸摸这个料子，您这种行家一秒钟就知道是好东西。”罗宾的声音不用走近，老远就可以听出讨好的意思。不过她说普通话的语气跟平时用英语很不相同，听起来像是另外一个人。林芷不知道哪个才是真正的她。

那位先生在隔墙的背后，林芷看不到人影，却听他悠悠地说道：“东西确实不错，不过……”

“我保证销路会很好的，放到您的店里肯定被抢购。要不先拿几件试试？没关系您也可以先拿本产品目录看看，随时都可以跟我打电话。”罗宾打断了那位先生的话，哈哈地笑开了，想营造点气氛，这是她面对尴尬局面时惯用的手法。

“现在的市场我们也是知道的，跟往年不好比，这时候好的产品就特别重要。我们这里很多的装饰品都是手工做的，您要是乐意我可以带您看看我们楼下的研发部门和工厂，跟别家的中国制造完全不一样呀。”罗宾没等那位先生接话，兴致勃勃地说着要把他往楼下带，用特别浓重的奉承语气赞扬先生的西装，跟林芷说话时的腔调判若两人。

“你躲在那里鬼鬼祟祟地干吗？”林芷探出头去想看看到底是哪位先生，不巧正被罗宾严肃的双眼逮了个正着，一脸怒气把她的语调也冲高了。

“不好意思，我今天是专程过来找林芷小姐的。”这位先生穿着一身有点旧的灰色西装，戴着顶黑色的帽子，背对林芷而坐。

“您也不早点跟我说，我可以帮您把她叫来嘛。”罗宾用中文回答突显娇气地说，把林芷吓了一跳。

“我已经跟前台的小姐说过了。不过谢谢你的介绍。很漂亮的衣服。”先生礼貌地回答，转身对林芷招手道，“你好啊林芷，没想到吧。”

因是背光，林芷第一眼并没有认出眼前的人是谁，走近了方才知道是曹建明。他平时虽然衣着整齐，搭配讲究，却并没有穿西装的习惯。他知道自己个子矮，西装这个架子是撑不起来的。平日里一直在法拉盛华人区生活工作，也不戴帽子，不在乎旁人的眼光。今天计划到曼哈顿时尚区的公司来，算是远离了自己内心舒适区的一个探险。有一种乡下人到城里去的战战兢兢的心态，到底还是全副武装来得稳妥的好。

“曹先生好啊，很久不见。”林芷觉得心里一阵寒气，愣了一会儿，缓过来时决定客气地微笑。尽管她住在曹家，最近确实有好长一段时间没有见面了。早上她尽量在自己的房间和卫生间里洗漱打扮完毕，然后推开房门匆匆忙忙地出去，在街上顺便买个早点。晚上下班很多时间会和文森特或南茜小姐一起在曼哈顿的夜市里尝尝不同国家各色口味的餐厅，逛逛琳琅满目的街道，或者去纽约别致优美的公园走走。在纽约永远都不可能厌倦，除非你自己是个乏味的人。需要一个人安静的时候会在纽约的公共图书馆里占一个位子，读读书上上网，古老精美的建筑让人神清气爽心情开阔。回到家里一头扎进自己的房间把门锁了，洗漱睡觉。因此虽然与曹建明全家共处一个屋檐下，却很少碰面。这是林芷希望的状态，否则若是不小心遇到曹建明，又不知道要生出多少枝节来，而且她也厌倦了旁听曹氏夫妇俩无休无止的争辩。

曹建明左手取下了帽子，露出光溜溜的头顶，泛着灿烂的油光，右手习惯性地摸了摸后脑勺上仅有的几缕银丝，得意扬扬地说："看看我还是找到了。"又停顿了几秒，"不容易啊。"

林芷不明白曹建明是说找到这个地方不容易还是林芷的工作不容易，不过这些都不重要，现在她满脑子担心的是罗宾和老板，或者文森特会怎么想。展示厅接待客人的区域配有各个角度的摄像头，此刻至少可以肯定的是罗宾一定在楼下津津有味地监视着林芷的一举一动，或许她认为林芷把她的客户抢掉了因而正怀恨在心。不过幸好摄像头不负责录音，那么只要林芷装成谈生意的样子，最后就算是生意没谈成把客人送走就好了。只是竟然被曹建明发现自己工作的公司，实在是令林芷大为不解，因为她从来都没有具体谈论过公司的名字或者地址，而曹建明的突然出现令她更加措手不及。

曹建明觉察出林芷的惊讶和困惑，不禁更加得意几分。他慢条斯理地取下金丝边玳瑁脚眼镜，一边张口朝镜片上哈气一边从口袋里掏出眼镜布在镜片的各个角落仔仔细细地擦拭，很笃定地微笑起来，眼角的皱纹堆叠成干裂的黄土："就是想过来看看你好不好，没什么事情。"

"今天不用工作？"林芷一贯是个温柔和蔼的人，硬是装成冷冰冰的语气连自己也觉得压抑，但是不得不用这种语气把曹建明的幻想隔离开来。

"我的工作还是比较自由的，"曹建明戴上哈完气擦完灰尘的眼镜，盯着林芷说，"叔叔我可是想念你啊。"

林芷一阵心跳加速，担心这场戏该怎么收拾才好，这可是在公众场合，令人尴尬万分。曹建明也算是上了年纪的人，居然还看不出自己想尽办法逃避的姿态，可见男人是越老越糊涂，枉费了年纪带给他的应有的智慧。

"我这会儿可是在工作，忙着呢，有什么事情别处谈。"林芷突然从椅子上站起来，一副送客的姿态。

"好的，我不耽误你的时间，我知道曼哈顿的工作压力肯定不小的。就是好久没有看到你了，"曹健明知趣地戴上了帽子，"这是给你的一点东西，我让国内的朋友带过来的。"说着硬塞给林芷一个包装精美的茶叶盒子，他知道林芷最爱绿茶，赶紧投其所好。

这可不行，罗宾可得加倍怀疑了，林芷竟然收起客人的贿赂来，到底还是要盘查盘查。想到这里，林芷一阵寒噤，说什么也不肯要。虽说当时被推脱掉，后来回家还是发现这盒上等的碧螺春稳稳当当地摆放在自己卧室的书桌上。到底是人家家里，就算是把自己的屋子锁上了，房东当然还是另有备用钥匙开门的。

林芷按照送走顾客的程式陪同曹建明进了电梯，深深地叹了口气。幸好他也算是识相，没有在公司里捅出什么篓子来。这场戏演得真是吃力，也不知道罗宾有没有起疑心。如果他把来这里当成了习惯，将来一直继续就麻烦了。而且谁知道他下次又会有什么新招，扮演成新的客户或者是生产厂家前来洽谈？老男人的心态小女子怎么可能吃得透？总得想办法把他甩掉才好。

“晚上早点回家。”曹建明忽然转身用一只空闲的手臂把林芷揽在怀里，迅速地朝那娇嫩而猝不及防的红唇上咬了一口，又仓促地想将自己的舌头伸入到她的嘴里。林芷这时才意识过来是怎么一回事，咬紧牙齿就是不张嘴。两个人僵持了几秒钟，一楼的电梯门豁然打开，曹建明立刻放开了林芷，整了整衣领，回头冲林芷严肃地看了一眼，扬长而去，似乎在说，你是逃不掉的。

林芷有很多年轻人应有的优点。不过有一个谁也分不清楚是优点还是缺点，就是特别沉得住气，事情到了紧要关头还不吭声，令人干着急。不管是遇到天大的喜事像经过千辛万苦被理想的大学录取，还是极其郁闷的扫兴事如被罗宾莫名其妙地在星期一早上劈头盖脸地批评，只要她不想声张，就连她身边最好的朋友和家人都不会知道；只要她不愿意想起，便会一直抑制自己在相关方面的回忆，时间久了也就真的忘记了。这是她通过无数的惨痛经验而总结出来的保护自己最强大的精神武器。如果说小时候的林芷是多愁善感脆弱忧郁的林妹妹，那么现在的林芷至少已经把自己的一部分锻炼成铁石心肠的王熙凤，比哭哭啼啼伤了身子可要强很多。

林芷满腔怒火，用衣袖来回擦干净嘴唇，不过看到热情的西班牙门卫依旧给予了往常的微笑。这次过招是被曹建明占了上风，一定回家在那里得意忘形的。这个公寓是越来越危险了，迟早得搬出来和曹建明做个了断。想到自己一个人在外连个依靠也没有，好不容易找到个中国人家庭以为有所帮助却不知是进了魔窟。罗宾小姐本是中国内地人，原以为是遇到了救星可以互相照顾成为朋友，如今却是林芷工作惶恐不安的直接原因。问题是这两人还口口声声说是在帮助林芷照顾林芷，因此林芷连正面反驳的理由都找不到。这个世界还是只能靠自己。

悄悄地回到办公室坐下，林芷方才歇下来喝口水。和曹建明的斗智斗勇把她折磨得筋疲力尽，担心罗宾的怀疑和批评又把她的心提起来，愤怒的思潮在心底冲突，像沸腾的火山岩浆寻找突破口。这一切都在发呆的双眼后被隐藏起来。文森特冲着林芷傻笑，问：“谁找你呀？”

“一个以前认识的熟人想要买点东西。”林芷惊讶于自己竟然随口编造了一个谎言，对于文森特这样的单纯孩子来说，不免有些愧疚。

十五

红衣温蒂

林芷平日里上班都带饭，午餐的时候就排队等着同事们用微波炉加热饭菜，菜香总是飘满整个办公室，让人不想工作。在曼哈顿生活如果不规划好自己的收入就很容易沦落为月光一族，一年下来也没什么存款。这种生活方式美国年轻人似乎无所谓，只要开心就好，度假、派对，该花钱的地方毫不吝啬。不过对于亚洲人来说，中午一顿饭平均消费十美元，一个月下来就是两百多，一年下来数目可观，这笔钱还是可以节省下来的。不过今天是周五，是个值得庆祝的日子，当然得出去走走，尝尝外面的不同口味，换个心情。

将近中午时分，天气晴朗得像一块蓝宝石，云朵是宝石的肌理，阳光是宝石的精髓。附近的布莱恩公园人声鼎沸，各种各样的午休活动在公园的每个角落里像鲜花一样怒放出来。小孩子们在大人的陪伴下兴高采烈地坐在播放着音乐的旋转木马背上，三三两两的人们围成圈子把玩着手中的魔术戏法；几位西装革履的男士刚从办公室里解放出来，在草地的一边认真地打着迷你高尔夫；两个亚洲孩子在众人的围观下用自己娴熟的技巧将乒乓桌敲打得砰砰响。林芷虽然坐在十多层楼高的办公室里，依然可以洞察楼下的一切动静。在这热闹而欢乐的合奏曲中，偶尔也会窜出一串不和谐音符，比如火车呼啦呼啦地飞驰而过，或者像今天，人群的呼喊声此起彼伏，仿佛涌动不安的夜潮。

街口的大楼边威武地站着一排纽约防暴警察，各个荷枪实弹表情严肃，背上的自动步枪足有林芷一人高，威风凛凛，气势汹汹，活像美国警匪大片里的人物。午休出门去买饭的工作人员都要经过警察控制的大门，困惑与紧张充斥在空气里。游客们从第五大道上购物归来，好奇地驻足周围，希望看个究竟。第七大道，人群的喧嚣越来越热烈，拨开围观者，只见一队手持标语的抗议队伍围绕着大楼一边前行一边高喊口号，头戴盔甲的警察把守着大楼的进口防止抗议者进入。原来整座大楼是一家著名的银行，抗议的群众对银行不满，谴责银行家都是华尔街恐怖分子，剥削劳苦人民。林芷理解他们的行动，也敬佩他们的勇气，这个世界不管在哪里普通民众都要挣扎着寻求生存的机会。不过她还是赶紧离开了街角，万一有什么冲突，纽约的警察可是出了名的枪法不准，上次在帝国大厦脚下的枪击案还放倒了不少路人。索性走两个街区去小馆子里喝杯咖啡，压压惊、散散心吧。

曼哈顿的星巴克咖啡馆太多，几乎每个街区都有一两家，在中午的时候往往排长队，连可以坐下休息的地方都没有。林芷喜欢偏远点的一家小店，不仅有各式咖啡提供，还有热巧克力和甜点。舒适的皮质沙发，可以蜷缩在里面，暂时忘记身在曼哈顿的嘈杂，寻找逃避现实的快感。就一个人过去，买杯热咖啡，窝个半小时，看帅气的服务生分发给客人巧克力和糖果，听周围的人们谈论他们的工作和生活，靠着沙发仰望咖啡馆里紫色的墙纸，玲珑精致的吊灯在头顶闪闪发光。拿过卡布奇诺的那一刻，服务员对林芷轻声地说："谢谢你多年的光顾，今天是我们营业的最后一天。"他的眼里透出一丝迷茫，略带苦笑地递给林芷一小盒以曼哈顿天际线为主题的巧克力作为纪念品。林芷怅然若失地陷进沙发，眼神留恋在柜台里色彩鲜艳的马卡龙和包装精美的巧克力上。也不知道是不是这个街区的风水问题，朝北的店铺生意都不好，纷纷关了门。林芷在公司的短短两年里，目睹了许多可爱的小店轰轰烈烈地开业和安安静静地离去。因此每开一家新店，她总想多去几趟，以免来不及在其关门之前品尝而怀抱遗憾。如今这家小店也撑不下去了。曼哈顿的房租一定很高吧，何况是在这寸土寸金的中城。看似繁华，其实都在挣扎。

跟欧洲人偏好色彩不同，美国人喜欢深色调，特别是纽约人。此刻，一个穿着红色连衣裙的长发女子不知从哪个角落飘进了小咖啡店，将店面的玻璃橱窗渲染得红彤彤的，好似圣诞提前来到，不少顾客的眼球都被她吸引住了。

“林芷啊，我终于找到你了。”这红衣女子忽然从声调上将林芷笼罩起来，让本在安静沉思中的林芷喘不过气来，“还记得我是谁吗？”

林芷万分尴尬，向周围的顾客投出诧异的眼神，以表示自己可不与她为伍，不要怪罪。一边努力在脑海里寻找线索，忽然想起一个人，不免一惊，但又不敢妄自猜测出口。

“我是温蒂呀，曹建明的朋友。好久不见呢。”红衣女子不请自到，在林芷身边径直坐下来，“要吃点什么，我请你。”

“不用不用，”林芷惊魂未定，既担心温蒂有发表长篇大论的趋势难以脱身，又不喜欢她火红裙子、大嗓门把自己推到了扰乱咖啡馆安静环境的风口浪尖上，更不知道她跟自己有什么可拉家常的。温蒂却顾不上这一切，热情直往外溢，像沸腾的浓汤在炉灶上冲击密封的锅盖，跟第一次在曹建明家里的情形很不同，也让林芷更加惴惴不安。

“今天真是巧，在这里遇到你，平时我都不常来曼哈顿的。在曹家你还住得习惯吧？”温蒂笑问道。

“还行。”林芷将回答保持得尽量简短。

“曹太太一切都好？”温蒂问。

“挺好的。”林芷答。

“他们两个关系还好吧？”温蒂忽然压低声音，诡秘地将问题一步步推进。

“跟以前一样。”林芷表面语气硬邦邦的，却心知肚明地理解到温蒂眼神中抛出的暗语。

“那就好。”温蒂心里舒展了一口气，声音也缓和下来，“林芷啊，跟你说句掏心话，其实我不在律师事务所工作，我在指甲店工作，就在法拉盛。你下次过来我帮你做，保证漂漂亮亮的，不算你钱。”温蒂说着抓起林芷瘦弱的小手端详了一番，“手形很好，但需要护理，女孩子要学会自己保养自己呀。”

“谢谢你，过些日子我过来看你。”林芷觉得气氛松弛了些，便也渐渐对温蒂放下戒备，一边心平气和地略略露出微笑，一边尽量压制着对于曹建明先前说谎的不满。

“一个女孩子家在外面哪里容易。要赚钱养活自己，要操心身份的问题，要找个好男人有个归宿，年轻人还要出去玩玩啊买点东西什么的。我挺佩服你这样的，一个人出来闯荡，什么事情都自己扛着。我就做不到这样。”温蒂拍拍林芷的肩膀，一股子认真劲儿，继续说，“不过你有美国文凭高等学历前途无量，又敢拼敢闯。我是老了，一个老女人难得遇到个可以依靠的男人真是不容易的，你懂吗？”

温蒂自从在曹建明家遇到林芷以后，心里一直忐忑不安，生怕林芷会把事情传到曹太太的耳朵里。她虽然和曹建明在一起已有多年，也深知建明和太太的关系，总觉得建明离婚是迟早的事，所以一直对他抱有希望。如今建明的太太和小孩过来了，暂时避让一段时间作过渡期，只要有耐心，总会柳暗花明的，何必计较现在。聪明的女人不能只顾眼前的处境，还是要抛长线，钓大鱼。要是能把这个男人守到了，一方面可以在纽约落下脚来，另一方面也可以把身份办好，这是最重要的，否则只能一辈子做下等公民，来美国也没有意义。周围的邻居都是非法移民的拉丁美洲人，一天到晚喝啤酒做孩子不求上进，跟自己根本没有共同点。想想曹建明这个人倒是个希望，不禁一阵热血冲到心头，觉得越发要对林芷好点，说不定什么时候能够帮上个忙。看来这次费尽心思找到林芷的工作地点，还是很值得的。不过也不能表现得太急，反而把人家小姑娘吓到了；要一步一个脚印，把她作为自己在曹家的润滑油才好。

人群的躁动声在远处浮动，像炮火轰鸣的前线战壕。古老的咖啡机呼呼地喷云吐雾，是为自己最后一天工作的叹息，也是在响应前线民众对于社会的不满。深褐色胡桃木上的卡布奇诺，温度渐渐冷却，香甜也化为苦涩。林芷想再多坐一会儿，用来凭吊这时常光顾的紫色小咖啡馆，记住墙壁上生动的时尚插画，记住侍者忧郁而瘦削的侧脸，记住一种在纽约忙乱工作中难得的闲散精神。只是温蒂的色彩多少影响了她平静的心绪，无意识中莫名的不安。

“我要回去工作了，很高兴见到你。”林芷站起身来，客气地告别，转而觉得自己似乎太冠冕堂皇了，倒是像跟某些生意上的人说话，刻意地表露距离感；不过也不想去改口，没有必要跟温蒂产生什么联系。

“哦，当然当然，影响了工作就不好了。”温蒂此刻被自己的热情所陶醉，忽然生发出一丝母爱的情怀，真希望立刻找出什么好的方法来善待林芷，爱护她帮助她，使她成为自己的同盟和朋友。此时离去，真还有些不舍得，好不容易找到她。

“记得来做指甲啊。”温蒂兴奋地说着，在咖啡馆门口停下了脚步，目送林芷回去工作，她的心怦怦地跳着，事情进展还算顺利，似乎是成功地多交了一个朋友，也离自己的美国梦更近了一步。

游行者依然在银行大楼前转着圈子高声抗议着。人们见怪不怪，在公园里闲情逸致地吃完午饭，纷纷回楼继续下午的工作。

手机在桌上一阵振动，搅乱了办公室里的安静，把专心致志在电脑上画图案的林芷吓了一跳，原来脸书上又有人留言了。怎么尽有人在工作时间聊天呢，林芷想，真是幸福的人。打开脸书的图标，是埃利奥特传了一张照片过来。照片上一匹矫健的栗色赛马背着骑手奔驰在赛马场上。

“我的马赢了。”他留言道。

“哇，你一定很骄傲吧。”林芷回了条消息。

“确实很激动！你什么时候应该也一起来看看。”埃利奥特说。

林芷没有看过真正的赛马，确实有点心动，问道：“比赛场在哪里呢？”

“这次在纽约州北部的萨拉图加，在皇后区也有赛场，取决于赛季。或者我们也可以飞到肯塔基州。告诉我你什么时候想去？”

林芷并不是一个喜爱群体活动的人，特别是不太认识的人，更加心里有所戒备。就算和熟人一起去参加周末派对或者联欢，都要花两三天才能从社交的疲倦中恢复过来。她不喜欢主动说话，往往等到有人上前跟她说两句的时候才开始做简短回答，这样往往遇到冷场的尴尬场景，搞得比自己一个人待在家里休息更紧张。因此有人问她出去玩，她总是不马上答应下来，而是尽量推迟回答。实在推不了时间，就先回答说不，然后问都有谁去，什么时候走什么时候回，了解细节以后，才蛮不情愿地接受邀请，这种谨慎不仅仅把别人也把自己折腾得劳神费心，因此熟知她的人都等着她自己提出出游的建议，而不再莽撞地邀请。

“你有几匹马？”林芷转换话题。

“六匹。一匹名叫艺术游戏的赛马，就是今天比赛的这匹。两匹怀孕的母马，两匹小马，两匹挽马。九月劳动节的时候艺术游戏要去皇后区的贝尔蒙特参加一场赛马，离肯尼迪机场只有十五分钟的路程；十一月份的时候要送它去佛罗里达州，那时候这里的草已经冻僵了。它是一匹爱食青草的马，我做主人的得保证它的脚底下四季都有青草。”

“真是一匹幸运的马！”林芷感慨地回言，也许下辈子投胎就应该做一匹这样的马，不用坐在这里整天拧着脖子盯着电脑憋出颈椎病来。在手机触摸屏上打字不比用电脑，速度慢而且容易被无端纠正到错的词上去，又怕罗宾忽然出现在身后询问在做什么，因此即使打个简短的句子也屏气凝神地心虚。

十六

房子这个难题

人流汇聚在曼哈顿中国城地铁站入口，像繁忙劳作的工蜂，包裹着密不透风的蜂巢，翅膀的振动发出嗡嗡的声响。三个打闹的学生，背着红红绿绿的书包，一溜烟地追逐，消失在地铁站的尽头。鬓角花白的华人老阿婆，推着小铁车，其中大包小包装着小菜，慢悠悠地在焦急的人群中推进。两个刚下班的中年阿姨，一手提着皮包，另一手挽着装有饭盒的布袋，声势浩大地谈论着每小时的薪水。偶尔出现几个住在附近的纽约本地年轻人，肩扛着自行车熟练地从铺满纸张的地铁出口逃离现场。

从地铁出来，十字路口的四个转角是打着黄色招牌的中国超市，翠绿色的雨棚挤挤挨挨地延伸，为摆在人行道上的水果

蔬菜开辟了一方净土。为了绕过摊位，人们纷纷离开人行道，在马路上挑没有污水潭和垃圾袋的地方走，尽管如此，各种异味依然争先恐后地散发出来。

林芷眉头微皱，崇尚安静的自己怎么可能搬到这市井喧嚣之处来住？想着不禁在路口停顿下来，踌躇了一阵，满不情愿地过马路去。

“等到了约定的房子看了再说。”文森特平日里从不上中国城去，因此并没有对这边环境的直观认识。今日一来，在地铁口就受惊不小，后悔不应该向林芷建议这块自己并不熟悉的地方。只是嘴上还是安慰她，希望公寓里面不会太差。

走过两个街区，转角一家酒吧里音乐和讲话声正在慢慢酝酿起来，像即将涨潮的海水，蠢蠢欲动地膨胀。向右转进一条小道，行人渐少，几个送货工人正在将啤酒一箱箱地搬进酒吧后门的地下储藏室。

“正是这里了。”一条纵向的三层红色砖砌楼，镶嵌在连绵不断的城市建筑群中，只一扇狭小的黑木门朝街边放置，权作一种存在，仿佛随时都会被挪走而消失。

踩着一步一吱呀的木楼梯，房东把林芷和文森特带上二楼。推开一侧的木门，只见一间正方形的房间被分隔成了四部分：置有一张餐桌并唯有一张餐桌的冷色调无窗客厅；用木板隔出的两小间卧室，虽然每间临街有一扇属于自己的狭窄窗户，卧室的隔墙却没有封顶，留出一条十多厘米宽的缝隙来方便彼此以声音沟通；客厅的一个角落被划分出一个三平方米左右的卫生间，供两个房客合用。客厅里的最后一扇门通向厨房，这是一个单独房间，并非从大房间中分割出来。厨房里还有另外一道门，林芷出于好奇想去打开试试。

“别动。”房东突然叫起来。林芷赶紧将手缩回，向文森特使了个眼色，吐了吐舌头为自己压惊。这时房门从里侧打开，一个孕妇挺着大肚子，提着一包蔬菜从门里出来，向房东问好。林芷和文森特一脸茫然，不知道是什么状况。

“这是隔壁公寓的李小姐。”房东介绍说，“你以后会跟她家合用厨房间。”

“你们好啊，”李小姐刚开口说话，一手捂住胸口，要呕吐的模样，稍稍缓过气来后，说，“做女人没办法啊。”

“李小姐才来美国不久，生完小孩就要回去的。”房东补充说，似乎想向林芷保证有小孩子吵闹的日子不会长久。

林芷向李小姐笑笑，没有说话，退回到公寓的客厅里，心里感叹着这生活条件跟在上海的家里真是天壤之别，租金却并不便宜，一个月一千美元。

“你觉得怎样？”林芷问文森特。用的是英语，房东显然不懂。

“这个价格在曼哈顿是很难找的。不过还是你自己做决定。”文森特不得不承认在曼哈顿生存的艰辛，如果不想支付更多的租金，最好还是搬出来，“都是中国人，你应该还是可以适应的。”他为难地说。

正在这时，房东忽然勃然大怒，冲林芷吼道：“我就知道你们这种人是骗人的！”

林芷刚在厨房里困惑，现在又被莫名其妙地辱骂，实在是愣得发了呆。文森特不懂中文，正在卧室的窗前观察外面的街景。他以为中国人说话就这个样子，因此也没什么值得大惊小怪的。

“你什么意思？”林芷向房东发问。

“你自己知道什么意思。你看着我不懂英语，外国人不懂中文，就骗人家说是中介，从中拿费用。这种人我看得多了。你们这种人都是骗子，不要装好人。”房东一边指责一边将林芷往门边赶。

“是我找房子好不好。你怎么能随便冤枉人呢？”林芷辩解着，不过心里已经完全拒绝了这公寓和这房东。她在国外倒是从来没有被外国人指责过，都是中国人给自己人苦果子吃。想来很令人感伤。

“我不喜欢这里，外面是酒吧，晚上很吵闹的。”林芷低声告诉文森特，匆匆地拉着他逃出阴暗的公寓楼，走廊里回响着木结构震荡出的一曲忧郁的曲调。

回家的地铁上，林芷把房东的话翻译给文森特听，心里渐渐觉得消了几分气。

“你当时怎么不告诉我呢。”文森特着急地说，脸上的肤色由于不快而涨得通红，“我应该揍他一拳。这人太没有素质了。”

“算了。反正也不租他的房子。”林芷拍拍他的肩，笑笑说，心里虽然还是有点憋屈。

“好吧。下次有人欺负你一定要告诉我。”文森特着急地说。

在纽约找房子可真是一件劳心劳力的体力活。离曼哈顿太近，价格陡增；离曼哈顿稍远，上班路途遥不可及，每天早晚抢占座位，幸福感骤然下降。自己网络上查看出租的房子，同时通过房屋中介的介绍，外加下班之后的踩点看房，至少也要花上两三个月才有可能找到心仪的所住之地。中介公司以盈利为目的，一个公寓出租成功至少要交付一到两个月的房租作为酬谢，这在纽约往往又是几千美元的支出。

林芷坐在副驾驶座上，左边的房屋中介所阿姨一头红色的长发，怀揣一叠厚厚的房屋信息表，开车在纽约的几个区里穿来梭去，勇往直前，像一团燃烧的烈火。从阴暗宽敞的地下室，到油烟蒸腾的顶层阁楼，从合用厨房厕所的公寓房，到面朝花园的别墅一层，从管理严谨需要面试的co-op（生活合作社，一种对于入住和管理要求非常高的公寓），到不需合同去来随意的中国家庭，纽约的各种生活在林芷的面前像谜底一样渐渐揭开，像光鲜亮丽的百老汇演出幕后，纷纷扰扰的服装与道具堆了一屋，不知道要取哪一件为己用。红头发念念有词地介绍着下一套公寓：“离地铁步行五分钟，离超市步行十分钟，阳台可以看到远处的公园，另一家人也想租，完全在于谁先付定金。”

红头发横冲直撞超了几辆威风凛凛的黄色出租车，车身在她的掌控中像在水中穿梭的鲨鱼一样所向无敌，水光四溅，倒映出熊熊火焰。林芷心不在焉地在手机上刷着微信：加拿大的小学同学潇君刚跟女朋友闹翻，闪电式删掉了两人所有的合影；回到苏州的吉雨兴致勃勃呼朋唤友组织去听音乐会；旧时同学毛毛自从去年当了妈以后，微信上所有的照片都只关于一个话题：她的宝贝儿子。今天她又上传了三十多张儿子的照片，胖嘟嘟的小脸变换着姿势卖萌。

“跟你一个模子里刻出来的呢。”林芷在照片下评论。

“谢谢。都说长得像我老公。”毛毛几分钟后就做了回复。

毛毛把自己微信的头像也换成了儿子胖胖的大头像，喜悦而满足地淹没在儿子的世界里。

“你什么时候添宝宝呀？”她在微信上问林芷。

“还不在考虑中，太忙。”林芷一边按字一边想，我可不能为了小孩子而迷失自我。自己的生活问题都层出不穷招架不住，再多一个声音岂不是永世不得安宁?

红头发猛一个转弯，迅速平行停靠在路边狭小的车位里。这一家昨天来过，只不过不是红头发的带领，价格竟然会相差很大。也许还是自己慢慢地找来得稳妥，她想。

十七

品尝法国

九月底，纽约一年里少有的好天气。这个周末，曼哈顿中城的布莱恩公园里热气腾腾，歌声飞舞，香气四溢。法国政府为了吸引美国旅游者，在公园里声势浩大地组织了一场“品尝法国”的展销会。法国厨师戴着高帽子，特地从巴黎赶来烧制烘焙最地道的法式点心；巴黎的铁艺匠人穿着黑色围裙，手里玩转着烧得通红的铁料，一会儿工夫打砸出漂亮的欧风曲线；左边排着蜿蜒的队，是各色葡萄酒和奶酪的品尝区；右边覆盖着法国国旗色的层层叠叠的小铺里，是面包夹鹅肝等三明治的抢购处；前面是蛋糕甜品的展示台，黄油做成的埃菲尔铁塔被降温保护在充气透明的巨型塑料薄膜球中；路侧入口处，身穿红底白点雪纺衬衫的法国女士，正热情四射地向路人召唤，让大家去享受一次法国斗牛犬给予的法式热吻；公园的正中，巨大的热气球悬浮在半空，蓝白红的法国三色，明亮而清晰地作为引领路人前来凑热闹的醒目招牌。

南茜、林芷和文森特一行三人，趁着这难得的周末好天气，一起过来探个究竟。不管是亚洲人还是美国人，对欧洲的态度总是羡慕不已。欧洲是他们旅行的热衷目标，而巴黎又是首要选择。巴黎的飞机票，不管从全世界哪个地点出发，全年都热门，从不会降价。南茜和林芷前者没时间去欧洲，后者没钱去欧洲，因此来这里逛逛公园品味下法国也是好的，充满着期待。文森特则是另一番态度。他周末从来都不让自己憋在家里。既然到了美国，就要放开来接触各种人群和文化，这是他的生活态度。如今正好过来看看自己的政府是怎么搞宣传工作的，因而还带有着一丝审查和批判的态度在里面。

全世界的人民都喜欢附庸风雅，就连纽约这样时尚的世界大都市，一说起法国巴黎，也是一边趋之若鹜，一边充满嫉妒。从激动人心的历史到幽雅古典的建筑，到世界闻名的饮食文化和引领潮流的时尚资讯，欧洲人总是对美国不屑一顾。好像几代相传的贵族，看到刚刚发财的土豪，免不了心里一阵不舒坦。

文森特是讨厌巴黎的法国人，是批判纽约的纽约客，他的骨子里流淌着一股反叛的热血，总让人想起巴黎革命。不过今天他计划把批评的声音都藏在自己的脑子里，而是借此机会向南茜和林芷宣传一下自己的家乡。人到了国外，多少总把祖国和自己的面子联系起来，他也不例外，希望这个展销会不要搞得太没水准了。

大家买好购物券，便排队到品尝区去挑自己喜欢的奶酪拼盘和红酒。一根根用蓝、白或者红色装点好的牙签，整整齐齐地插在各种形状和口味的奶酪上。伴着法国红酒的奶酪，令人垂涎欲滴。这些拼盘如风卷残云般迅速消失，让排队等候的纽约人很是不安。文森特感叹自己在纽约确实很久没有吃到过这么新鲜可口的搭配了。

当三个人忙于自顾自品味美食的时候，文森特在人群中发现了一个熟悉的身影：丽莎。她正和几个朋友一起，金色的标志性短发在人群中十分耀眼，穿梭在热闹拥挤的各个小摊位前。

文森特心里忽的一阵紧绷。他潜意识里想过去打个招呼，转念一想还是算了，赶紧勒住了脚步。可是丽莎已经看见了他，远远地走过来。

“文森特，真没想到你还在纽约。”丽莎笑笑，一边和几个美国朋友打招呼等会儿过去。

“你也应该实现你的美国梦了吧。”文森特觉得心里很别扭，这样说时，仿佛是充满着酸涩的味道。

“还行，”说着丽莎抬起左手，背朝文森特，一枚戒指闪烁着划过阳光，“订婚了。”她没等文森特回应，便匆匆地说着再见道了别。她没必要得到他的赞许还是嫉妒，她和他不再有关系。

文森特走进公园当中的草坪。前面搭建的舞台上身穿华服的歌剧演员唱着熟悉的法国歌曲。游人此起彼伏的说话声，四周街道上一阵阵的车行声，直升机的螺旋桨声交织轰鸣。丽莎是跟文森特一起来美国闯荡的。那时候他们还是巴黎的一对恋人，对美国抱着无限的遐想，做着对于未来世界的美好规划：文森特会成为美国时尚界的设计师，接触并融入世界主流文化品牌中；丽莎可以成为富有法国风情的时尚女模特和具有欧洲视角的摄影师。两个人对于死气沉沉的法国不再抱有希望，一心做着彼此吹捧出来的纽约梦。直到有一天，文森特就职的纽约顶级设计公司大裁员，把所有外国人都辞退了；而丽莎的公司也因为经济问题压力陡增，使她成天就想发火，最后不免也丢了工作。两个法国人如热锅上的蚂蚁，为自己的前途奔波担忧，哪里还顾得上所谓的巴黎式浪漫。两人每天从一早起床，就开始马拉松式的唠叨怪罪，讨论到底是谁做了到美国来的错误决定。这样的日子实在挨不过去，最后只能分道扬镳。如今文森特的工作才又稳定下来不久。凭他的性格，一直要往前冲，是不愿意也不肯回到过去的。

不过看到丽莎的时候，又勾起了他那段封藏在心里落寞而挣扎的往事，不免令人揪心。和他一起被裁员出来的那些外国同事，不少欧洲人，现在都失去联系不知去向。他被现在的老板高价聘请，还算是幸运的。也许这还得归根于自己是从巴黎过来的法国人。毕竟，法国的设计，常是纽约设计界所津津乐道的向往之事。

他对自己的家乡其实是爱之深，恨之切。虽然满腹牢骚一脸傲慢，心里却是因为深深地喜爱留恋而不能忘却，他虽然不想这样对别人承认，事实却是如此。毕竟母亲和妹妹，都在家里等着他一年回去一趟呢，那一趟也是一年里他最开心的日子。“以后肯定要回国定居的。”像几乎所有到纽约来工作的外乡人一样，他也喜欢这样说。如今虽然连美国的永久居住证也拿好了，多了个选择，反而头疼。

人群中丽莎的身影依然隐约可见，她卷曲的金发在秋日的阳光下闪闪发光，是如此鲜明，也是那么模糊。周围飘来烤牛角面包的香味，南茜和林芷正朝草坪这边走来。

“你一个人在这里睹物思情，想念家乡啊？”南茜小姐一边打趣，一边分给他半个包裹着法国泡菜的松软长条小面包。

“才不是，我在享受这冬天来临前最后的日光浴呢。”文森特胳膊肘往上一翻，向草地上一躺，眼睛眯成一条缝，说，“美丽好时光。”方才关于丽莎的回忆，便也随之烟消云散。只有积极活在当下，才有能力把握住幸福。

三个人或坐或躺在阳光明媚的布莱恩公园草坪上。文森特的思绪不知不觉回到了小时候：走下楼梯，推开巴黎的家门，往右拐，街上已经可以闻到路口面包店里飘来的黄油香。一早在店门口排好队，终于拿到手里一个热乎乎的牛角面包，轻轻一咬，香脆的碎屑纷飞，伴随着杏仁的切片块块跌落，赶紧用手接住。橱窗里是各种颜色的精致甜品：金黄色饱满浑圆的柚子派，草绿色开心果长条奶油糕，鲜红色的树莓活灵活现一棵棵站立在蛋挞上，橙色的杏子馅饼被包裹在香甜酥软的面包圈里，浅褐色的山核桃摩肩接踵地排列在圆形的底座里，像前后追逐的野生小动物；当然还有他最喜欢的黑色巧克力，像圆底尖顶的城堡一样，高低错落地堆叠在圆形的派里，宛若一个小城池，散发着无穷的香味，引诱着小文森特，让他不肯回家。

布莱恩公园四周的人群里，有客居纽约多年的法国思乡人，有向往法国浪漫巴黎情调的美国人，有推着婴儿车享受美食的年轻父母，有到纽约来旅行而偶尔发现这个活动的兴奋游客。忽然间，一个黑色而高大的影子从众人身边飘移过去。所有的人都不约而同地对着草坪抬头做惊叹状，有人嘴里还含着嚼到一半的法餐：只见高大的热气球在众人的目光聚焦中袅袅而升，从公园的草地上，到树木的枝丫间，与高楼大厦的棱角擦肩而过，直向云端飞去！那蓝白红的国旗颜色，一路招摇，反射在四周玻璃面的大厦上，不断变换着角度。人群中爆发出雷动的掌声，像是歌剧演出结束的一幕，纷纷要求再次谢幕。法兰西的展会，在这时达到了最高潮。

“不知道热气球会飞到哪里去？”林芷自言自语。

“当然是飞回巴黎了。”文森特兴奋地说。

“开玩笑。”林芷一边赞叹法国人对自己国家的热情澎湃，一边心里想：要是中国人也能组织这样一场展示，想必有更多的美食和艺术可以展现给纽约人，该有多好。

布莱恩公园

十八

魂断缅街

两次爆裂的声响，像鞭炮怒放，路人纷纷往天上看去，期待着转瞬即逝的烟花四散。半晌，什么也没有，只是漆黑一片的天，路灯太亮，星星也模糊了方向。

正值下班高峰，法拉盛星巴克咖啡馆前的缅街，一反常态，安静异常。中秋之夜，本是团聚喜庆的时刻。而此时的空气中，正酝酿着一阵严肃而沉重的气息。人们在远处，紧张而急切地朝星巴克观望，手机拍照的声音此起彼伏。大家交头接耳，窃窃私语，热切打听着前面被封锁的消息。

两个中年人，一男一女，像大写的八字，一撇一捺，倒在咖啡馆面前的人行道上。鲜红的血水，漫过粗糙斑驳的人行道，蜿蜒流入马路边不知深浅的下水沟，与污秽混杂在一起。

男人面朝夜空，四肢张开平摊在身体周围，一把罪魁祸首的手枪，跌落在身边，被脑侧涌出的血浆淹没。女人面朝地，看不到表情，深红色名牌皮包闪亮亮的盖在她那身玫瑰红色的长裙上，仿佛是不小心摔了一跤，却怎么也爬不起来了。

类似这种事件经常在报纸上看到，但是基本不会发生在华人社区。枪支毒品这种事情，华人最不爱沾染。他们在美国大多安分守己，只想图个改善生活做个美国良民。今天这样一个血淋淋的场景，引发了华人社区激烈的反响。人们纷纷希望知道，这背后的故事到底是什么。

这日曹建明很高兴。往年的中秋节，虽然也在美国吃上口月饼，但是从来没有像今天这样团圆。丫丫在身边，终于可以重拾天伦之乐。曹太太即使前天还吵过架，今天却一点也不计前嫌，不只热热闹闹地做了一桌子好菜，甚至还捎上了一瓶红酒。双黄月饼是丫丫的最爱，当然一定是买来第一个给她。豆沙、枣泥、绿茶和莲蓉，在饭桌上纷纷摆好，一个个切开，等待分享。

“林芷啊，中秋跟我们一起过，来，吃月饼。”曹太太将几个口味的月饼各切一块，放在小碟子里客客气气地递到林芷屋里，又对丫丫说，“看看人家姐姐一个人多努力，你也要向她学习。”

曹建明两杯入肚，脸上微微泛红，心里乐开了花：美国的生活毕竟还是不错的。虽然现在暂时失业，靠政府的救济金也还能过得去。困难都是暂时的。只要孩子家人在身边，一切都会好起来。妻子现在开始有了些收入，丫丫学习争气自己拿奖学金，都不用自己操心。林芷更是个好房客，不仅丰富了贫乏的精神生活，也为女儿树立了良好的榜样。自己还算幸运。

“今天晚上特别有意义，”曹建明顿了顿，给自己即将要说的话定了个基调，“丫丫和爸爸妈妈在一起过中秋节，开心吧？”

“嗯，”丫丫点了点头，十分听话的样子。

“来，我们全家人一起干一杯！”曹建明心里豁达，瞬间将玻璃杯中的红酒一饮而尽。

“你这是干啥，过节就过节，搞什么形式主义装腔作势。”曹太太不满道，“丫丫，不跟你爸爸学，醉醺醺的成什么样子，尝一点就好了，等下还要吃菜了。”

丫丫沿着玻璃杯沿，遵照妈妈的意思，小小地抿了一口。当爸爸和妈妈发生分歧时，她总是站在妈妈一边。

“你们知道吗？今天星巴克门前可出大事了。”丫丫小声说，“枪击案，还死了人，据说是中国人，回家的时候那里还在戒严呢。”丫丫即使说很严肃的话题，依然嗲声嗲气的。

“跟你说过多少遍了，这种事情少凑热闹，万一被枪打到怎么办？”曹太太急冲冲地说。

“我没过去嘛。就是经过，想起来还蛮可怕的。”丫丫吐吐舌头，喃喃地说。

“美国也不一定好，想想我们中国这种事情就不多的。”曹太太说着，心里有点想家。

“不好还这么多人争着来办绿卡？”曹建明反问一句，又说，“这种事发生在中秋节真是作孽哦。”

“肯定是情杀。”丫丫诡秘地笑笑。

“感情这种东西，尽是害人精。”曹太太说。

吃完晚饭，曹太太开始麻利地洗碗，丫丫回房间里给国内的朋友挂电话。曹建明走到阳台上，点起一根烟。月亮浑圆，极亮，像一盏灯，想要把人世间照得通透，却依然改变不了夜晚的现实。他的房间里传出了邓丽君婉转的小调“明月几时有，把酒问青天”。

第二天下班回家，曹太太可急坏了：“你昨天不还蛮好的，今天就发了一天高烧，按理说吃的东西都是一样的，我们怎么什么事情也没有？”曹建明躺在自己的卧室里，头上敷着一块叠得很高的冷毛巾，嘴里不时地嚷嚷着头痛，一边使劲揉着自己的太阳穴：“哎哟，你去上班，让我一个人静静就好了。”昨晚还满怀喜悦的曹建明，怎么今早就如此落魄？谁也不知道是怎么回事。他把卧室的门一关，满肚子的心事，只能与自己分享。

这几天，脸书、推特和微信上，鲜血淋漓的照片成群地被人转发。那两个倒在星巴克门口的男女，死得那么惨烈，却还要经历这等万人瞩目的围观，实在是料想不到。照片先行，不久监视录像也被挖出来传播，最后记者同胞不甘落后，从事实中推理出有声有色的还原情节来增加相关网站流量。

这个倒在枪下的女人，不是别人，正是温蒂。她那一席红衣，伴随着装点完美的红甲，最终沉浸在深红色的血水里。曹建明昨晚在电视上看到这则新闻的时候还半信半疑，直到读着手机上指名道姓的报道，才怔怔地失了神。两个月前，温蒂曾经来找过他，希望他表明未来生活的态度。曹建明虽然对于妻子已没有太多感情，但是对于女儿和现在的生活状态，还真没有要抛开一切跟温蒂重新来过的程度。温蒂绝望而愤怒，两个人闹翻了天。“再也别让我看到你了。”曹建明警告她说，“我家里的事不用你管。”

根据记者调查，这是一场感情纠纷导致的惨痛结局。这个女人，戴着第三者的不雅头衔，走进了灾难性的新生活。这个男人，最近才抱上了孙子。他在法拉盛有声有色地经营着一家中餐馆，已经有十多年，温蒂经常在那里捎外卖回去，因此熟识起来。温蒂痛定思痛，下定决心离开曹建明的无情无义。这个善于营生的中餐馆老板，顺理成章地成了她理想的下一个恋人。不过，不明事理的曹建明，依旧想跟温蒂保持联系，打过去的电话和短信，自然被新男友看到了。人家恼羞成怒，在冲动之间手枪走火当场结束了温蒂的生命，结束了她曲折纠缠而永不放弃的美国之梦。男人害怕了，懊悔了，手足无措，也只好一命呜呼来得容易，去得洒脱。

曹建明自责不应该对温蒂说那么刻薄的话。他是难过的，可是算不得悲痛，潜意识里甚至还有点解脱。他跟温蒂的关系，他自己也说不明白。比陌生人要亲近，比自己人要疏远。毕竟，他们是一起生活过几年的，也是有一定感情的，虽说这种感情从一开始就明明白白地建立在利益的需求平衡上。那么，友谊也还算有吧，毕竟好多年了。这种搞不清利益与情感关系的困惑、愧疚与害怕夹杂的情绪，让曹建明活生生地头痛发烧起来，却又与别人说不得。

丫丫对于爸爸的世界，并没有多大的好奇心。爸爸病了，端茶送水，给退烧药吃，算是尽到了女儿的责任。至于爸爸为什么原因而发烧，她没有打听的意愿。妈妈跟她讲了，只要管好自己的学习就行，别的没必要知道。十九岁的丫丫在害羞的表面下，有着一颗好奇的心，外面有广大的世界值得她去探索。她有时候会想："我的另一半现在在干什么呢？"只是妈妈总觉得男人靠不住，女孩子要以学习为主。因此在父母面前，丫丫对于男生的问题往往避而不谈。

这天晚上，她突然跟妈妈说，要带个男生回家吃饭。

曹太太瞬间暴跳如雷，问道："怎么也没听你提起过？"

"哎呀，就吃个饭有什么的。"丫丫说。

"人家哪里人？有绿卡吗？"曹太太问。

"同学嘛。这重要吗？"丫丫嘟哝着。

"当然重要了。我可不允许你被朋友带坏。"曹太太的所有感情和希望都寄托在女儿身上，哪能允许与别人分享呢？

“本地人啦。”丫丫被妈妈穷追不舍，有点不开心。

“我问你是中国人还是外国人，皮肤什么颜色的？”曹太太问。

“美国人。”丫丫不情愿地回答。

“我说你要找男朋友也要找个像样的中国人。美国人到我们家里话都谈不来，而且将来万一你要回国离婚都难。”曹太太很着急，仿佛已经想到若干年以后和女婿之间的矛盾堆积如山却语言不通的困境。

“哎哟，妈妈，美国各种各样的人多了，你不要大惊小怪嘛。而且我们还没说要结婚，你怎么就想到离婚了？”

曹建明在卧室里发话了：“谁说我们丫丫要回国了？你自己不会英语也不用叫丫丫不跟外国人讲话吧。”

曹太太火气上来，说：“你会点英语又怎么样？不是照样糊里糊涂到处受骗？”

丫丫跟曹太太来美国几个月了。小姑娘瘦削的个子，齐肩短发，走动时露出齐整的锁骨，像一件被衣架撑起来刚熨好的连衫裙。她待人接物很有礼貌，初来纽约时见到陌生人会很害羞地躲在妈妈身旁。如今她已经在纽约的学校里学习了一个多学期，从国内带过来的那份矜持与羞涩渐渐地消失。同学、朋友、派对、野炊，妈妈不再是她时刻依靠的唯一的人。西方世界的物质与精神将她逐渐包围，让她从紧绷的自我中释放。她对于世界、对于人生的看法，也潜移默化地发生着改变。她惊讶地发现，自己对于妈妈的依赖，已慢慢转变到努力挣扎着去摆脱、去反抗的状态。妈妈的问话，让她觉得伤心，让她觉得反感；而意识到对妈妈的反感，又让她觉得十分痛苦。毕竟，妈妈应该是她内心里最信赖和爱戴的人。

十九

棋盘曼哈顿

铃声响起，旧式的古典乐，仿佛瞬间把人带到了一个遥远而歌舞升平的年代。猎头公司打来的电话，声音热情洋溢，似乎对方是个人见人爱的抢手货，工作机会唾手可得。林芷原本昏昏沉沉的头脑顿时清醒起来，也许这真是一个不可多得的好机会，赶紧先问问详细情况再说。

“这个职位可是在世界知名的大公司，”猎头女士严肃地说，以显示机会的可贵，转而又问，“你住哪里？”

“我住皇后区。”林芷答。

“公司位于新泽西州北面。你有车吗？有驾照吗？”猎头女士问道。

对于求职心切的美国人来说，一定会说有车且会开车。考个驾照，买个便宜的日本二手车，在美国是再容易不过的事，对于如今像大海捞针一样的好工作来说，是最起码的投资。不过林芷姑娘从小到大从来都没有过自己开车的需求，因此并不具备这个在美国生活的基本技能，她的诚实是发自内心的，连想都没有想，回答说："没车，也没驾照。"甚至问道，"有没有在曼哈顿市里的机会呀？"

"你看，作为年轻的就业者，你应该放开眼光和胸怀，哪里有机会就往哪里跑，不要一心把自己拘泥于小小的曼哈顿。人是动的，机会是难得的。你懂我的意思吗？"猎头女士开始给林芷上起课来。

大不了学开车，或者搬家到公司附近，林芷想猎头是对的，家人都在上海，身在美国的哪个城市又有什么区别？只是一切人际关系又要从零开始建构，环境要重新适应。虽说生活拥有挑战是件好事，一波又一波的折腾可谁都受不了。不过她是那种一听到挑战就默默激动的人，所有的困难似乎都可以被推回到身后，并相信总有一刻会迎刃而解的，只要能接受挑战完成任务就令她充满成就感。

林芷回到家禁不住浮想联翩。买一辆理想中的MINI COOPER时尚小车，每天清早奔驰在高速公路去上班，像真正的美国中产一样，只是这车太贵，那就先买二手的也行。收音机里流淌出近来又开始流行的20世纪20年代爵士乐，电台里播放着纽约时装周的最新流行趋势。喝着星巴克浓郁的热咖啡，啃着夹着蓝莓的带有甜味的松饼。一边抱怨着高速路上的交通状况，一边享受着在美国世界五百强公司做白领的独立感。林芷那作为女人的虚荣心不知不觉地爬上心头，瞬间把自己宠得乐滋滋的。

“行，就把我的简历发给他们吧。”她对猎头说，“任何消息要及时告诉我。”

“那是当然，我一定会重点推荐你的。”猎头见猎物有上钩的趋势，兴奋之情溢于言表。

发出简历只是相亲的第一步，还没见人，先看资历，彼此听听条件，让媒人搭桥牵线。当然媒人会同时推荐很多人以保证有所收获。以为自己志在必得的人其实只是芸芸众生中的一个，自己的事业如此重要，其实在人家看来却只不过是如此琐碎如此卑微。

林芷一方面心里有所期待，另一方面还是一成不变地在原来的公司工作，不敢透露一点风声。倘若最终没有被录取，生活还是回到原点，只是白折腾了一通。如果被录取，不知道会有怎样翻天覆地的变化，她敏感的心在期待的同时却暂时还不敢深入地去想。

接到第一轮面试通知是在两天后。猎头的工作效率真是高。林芷回家将有关的工作文件一一摊开在单人床和地毯上，仔细地梳理面试头绪，又对简历横看竖看，删去旧的不相关的活动，增加几条最近的关键词信息。把明天要穿的西装从大衣橱里取出熨烫，高跟鞋擦拭好放进小包，临去面试的时候再穿上。对于业务方面的知识与经验，她是胸有成竹的。自从中国成为生产大国之后，会说中文并同时拥有美国教育背景成为找消费品生产相关工作的一大优势，怪不得美国政府工作签证要涨价。这时隔壁阳台上传来了婴儿的啼哭，声嘶力竭，波澜壮阔，听得她头皮发麻。她永远都无法理解那些新生婴儿的父母是怎样熬过来的，生活被捆绑在无休止的啼哭和尿布中是如何变得更幸福的。反正她是肯定接受不了，唯有自由和独立才应当是幸福的根本，而她正努力地向这条道路上前行。

“咚咚咚。”几声敲门，十分小心，希望引起对方的注意却又不想打扰对方。

“门开着。”林芷有丝不耐烦。房间里满地堆叠着尚待整理的资料文件，怎么也迈不开步子，更没有心思跟谁说话。

“我爸让我把这碗莲子红枣汤给你送来。”丫丫轻轻地推开门，小心翼翼地把碗放在书桌上。她望了眼房间里混乱的工作现场，小声说，“姐姐你正忙啊，我就先出去了。”

林芷道了声谢，心里却时刻没有离开工作面试的准备工作，哪里还顾得上曹建明的嘘寒问暖。想到需要工作签证的事，林芷心里忽然很失落，好像心跳停止了一拍似的喘不过气来。到底要不要告诉猎头小姐这个情况。什么时候告诉她，都是会影响到全局的一枚棋子。以往的求职经验告诉她，和盘托出固然诚实可信，不过也许就断送了继续抓住这个机会的可能性；守口如瓶坚持秘密，即使被录取了，最后还是要坦白从宽，把人家捉弄得团团转，留下坏印象。林芷内心着急，两颊生火直发烫。跟爸爸妈妈谈谈这个状况吧，光解释就要花半天，老两口还不一定搞得明白美国人繁复的法律程序和文化心理。跟南茜小姐说说呢，人家终究是上司，脚踏两只船在公司里影响不好。算了，还是憋在心里。生活还真是自己的选择，只能自作自受。

“林芷，又在忙找工作的事啊？”曹建明站在门边，关心地说，“快把那碗汤喝了，等下要凉的。”林芷在家里准备求职面试每次都要这样折腾，曹家已经习以为常。他又低声提醒说，“别忘了，万事不要硬来。你还有另一个拿绿卡的选择，也可以考虑考虑。”

林芷抬头看时，曹建明已经离开门口。他像一个影子，幽幽地飘来，又偷偷地飘走，不时地触碰一回林芷的神经，让她无法从容应对。

离面试还有半个小时，林芷已换好高跟鞋，上完腮红，抹起唇膏，在大楼的一楼大厅找个角落默默排练开场白。猎头女士准时发来短信，询问是否需要打电话给她做最后的对话指导。又是一场几分钟改变人生的演出，镁光灯在心里打得彻亮灼热，颗颗细小的汗珠从擦满粉底的鼻翼上微微渗出，林芷用纸巾轻轻拍了一下，怕破坏了妆容。

“最好下周就能见到你。”面试一个多小时后结束了，总监双手紧握住林芷的手，微笑使她那本来就浓厚的睫毛更显纤长，一抹性感红唇弯成月牙状，凸显出高耸的鼻梁；细长的高跟鞋支撑着她宽大的职业套装，豹皮图案的半透明围巾在肩膀的一侧坠下，随着握手的动作而左右摇摆着。

林芷口干舌燥地在电梯里脱下高跟鞋，叹了口气。一边拿餐巾纸使劲地把唇膏和腮红擦去，以免同事猜疑，一边奋勇地赶回公司上班。午休时间是一个小时，已经超过半小时，生怕罗宾责怪，更忧心同事朋友的询问，真有做贼心虚之感。手机屏幕上跃出一条猎头女士的短信：“面试完了给我回电话。”瞬间觉得自己如同一个被人遥控的装置，头脑里唯一留存的印象是几枚鲜红和粉红的嘴唇在那里不停地张合着，反射出润泽的高光，像舞蹈的蝴蝶，跳动的火焰，争先恐后地一展身姿，争抢话语权。

“我刚跟他们通过电话，他们对你印象不错，应该有下一轮的面试。我会帮你预约。”十分钟后，猎头女士给林芷打来电话。幸好林芷还在回公司的路上，如果在办公室里，又只好尴尬地支支吾吾混淆同事的视听了，何况南茜小姐就坐在不远处，真是不太好意思。

“那好。保持联系。”林芷刚想说出工作签证的事，话到嘴边又咽了下去。到下一轮面试再说吧。如果人家真的要自己，应该也不会因为几千块的工作签证而放走人才；如果他们不愿意资助工作签证，就说明还是不重视这个人力资源，那即使被雇用了，也不会受到良好的待遇。林芷忙着为自己解围，好使悬起来的心渐渐放平，同时下决心将秘密维持下去。

大公司的医疗保险和养老保险系统比林芷目前的小公司

更加完善和周全，工资也从初级员工上升到中上级员工的水平，是一个相当大的跳跃。如今纽约的人才市场上，如果不抓住这个机会，以后还不知道什么时候才能如此幸运。林芷思前虑后，给猎头小姐写了一封电子邮件，说明需要公司资助申请工作签证的事，犹豫半天，按了发送键。心里忐忑不安，准备好猎头女士打电话回来批评。如果公司申明不招外国人，那么所有的面试工作都白费了，简直是浪费猎头和自己的时间与精力，而美国的大部分公司目前明确不招聘外国员工。就算公司不在乎受聘者签证问题，那也得猎头继续做工作与公司人力资源部门重新洽谈条件。生活充满了风险，一不小心就可能成为败局。

几天以后，出乎意料，猎头女士不但没有生气，还帮林芷获得了新公司申请工作签证的批准。“你应该早说，现在手续要从另一个角度来办，薪水也要调整一下。只是，办下工作签证最快也要一个月，但是公司希望你下周就能来工作，他们对这个职位的要求非常紧急。”

这就意味着林芷要冒一次险。如果等到一个月后拿到工作签证才去工作，这个岗位可能已经没有了。如果下周或者过两周就去工作，那么就要冒着工作签证被拒签而落得两头没着落的风险。虽说对方是大公司，但是该部门主管并没有招过持有工作签证的外国人，因此对整个流程很不清楚。猎头女士又电话来打气：“这么大的公司怎么可能不批准呢？”她反问到，“没什么好担心的。”过了会儿她又半威胁地说，“为了自己的前途，你可要考虑清楚了。”

第二天，林芷赶早起来，在上班之前去与律师会面。美国律师信誓旦旦地说包在他身上，只要拿到材料提出申请就可以立马去新公司上班，等几周一定可以拿到签证。不过律师的中国助手却在之后告诉她，被拒签两头没着落的案例也是有的，所以要有心理准备。一辞退了现在的公司，而新公司的签证又有问题，就立刻变成没有合法身份的非法居民，是一刻也不能停留在美国的。林芷心急如焚，机会固然难得，莽撞行事也万万不可，到底如何选择才稳妥呢？埃利奥特的话在耳边萦绕“生活充满风险才叫生活”。可人家是腰缠万贯底气十足，冒险对于他来说只是生活的游戏。自己刚摇摇摆摆地在曼哈顿站住脚跟，哪能跟他相比。“实在待不下去就跟埃利奥特混吧，”一个声音在林芷心里灰心地打着退堂鼓，“那怎么行，一定要自力更生，不能向有钱有势的人屈服。”另一个声音气势汹汹，狠狠敲击着林芷的脑门。

天气转眼变凉了。上周还热得直把空调往低里开，这周就冷得想喝口热咖啡，披件厚外套穿。地铁上咳嗽的人忽然变多，林芷也觉得喉咙里面总有个什么东西卡住一样，赶紧把薄围巾戴起来。纽约的夏天才刚刚来到，户外的烧烤也才吃了没几次，就又要把冬天的靴子拿出来擦油，大衣拿出干洗了。这天气说热就热，说冷就冷。要学习路边忙碌的松鼠，抓紧捡拾松果准备过冬。

林芷依然在原来的公司工作。一边接受南茜小姐循循善诱的带领和指导，一边与罗宾加足马力暗自较劲。换一个工作环境固然会遇到不同的人，但谁能料到下次她是否还能凑巧遇到像南茜一样善解人意的指导者呢？或许会不幸掉入罗宾式疯狂管理的陷阱里拔不出来呢？生活就像一个魔方，被运气捉弄。还有那香软酥甜的泡芙，那匹咖啡色愤怒而喜悦的野马，那魅力四射的公园里的歌声……不如将已经拥有的好好珍惜。林芷幡然醒悟：曼哈顿是一个大棋盘，自己跳来跳去，也只不过是在这狭长而孤独的岛屿上换了一个棋子的坐标，却费尽周折，饱尝焦虑的折磨。而这大棋局永远不会因为自己的移动而产生丝毫改变，因为你始终不是掌局的人，下棋的主动权不在你手上。我们都只轮得到被当作棋子的份，却依然用一辈子争先恐后。值得吗？

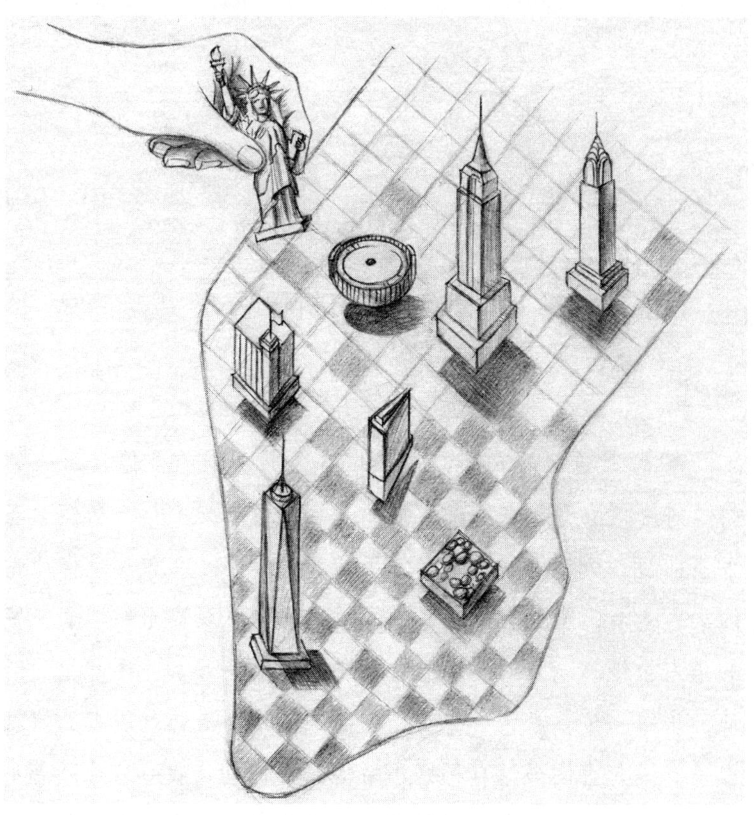

棋盘曼哈顿

二十

奢侈品与打折券

缅街上涌动的人潮，在法拉盛公共图书馆前停滞下来。一位娇小的女孩，在图书馆前的平台上旁若无人地全情演奏着古筝曲目，旁观的路人不时停下匆忙的脚步。头戴白色棒球帽的华人老者，坐在台阶上，手拿放大镜认认真真地阅读着免费的华人报纸。老奶奶挽着孙女的小手，刚刚参加完图书馆的活动，坐在一边休息，小孙女正兴高采烈地啃着热气腾腾的烤羊肉串。一起去图书馆自习的小情侣，正你一口我一口地舔着手中的哈根达斯冰淇淋，肩靠着肩窃窃私语。更多的人，稀稀落落地分布在台阶上，听着自己的耳机，漫无目的地望着前方。这几层台阶的落差，构成了一幅曲谱，每个人是其中的音符。断断续续的音乐，忙忙碌碌的人们，生活的节奏，不紧不慢地随着时间的推移消失又重奏。

古筝女孩抑扬顿挫地拨动着手底的琴弦，前倾着肢体，微闭着双眼，仿佛置身于世外桃源，周围的现实只是浮躁的人们不真实的幻想。在她前侧落差几层的长台阶上，曹建明，这个矮小的男人，正用粗大的吸管不时地吮吸着塑料杯中的黑色奶茶珍珠，发出簌簌的声响。他那伸直了的双腿，跨过几级台阶，在奔波了一天之后，终于得到休息的。自从车祸断了腿以后，工作最终也没有保住。人到中年，辛辛苦苦一路走来，现在突然失业，便只好又开始投入到找工作的行列里来，真是心神俱惫。

这是他失业的第二年了，失业救济金已经领完，再不工作，就没有生活费了。对于曹建明这么要面子的上海男人来说，这实在是一种无形的羞辱，一种慢性的极刑。还好他保密工作做得好，母女俩至今还没有发现。如何巧妙地维持自己在她们面前的形象，如何充分可靠地提供做男人和父亲的安全感，这些强烈的念头像头猛兽，把他本已波涛汹涌的脑海搅动得翻来覆去。他觉得自己仿佛徒步行走在沙漠里，海市蜃楼接二连三地出现在面前，唤起他片刻的欢愉和激动，而后又陷入无边无际的饥渴与迷茫。

他取下沾满汗水的眼镜架，粗糙的双手揉了揉干涩的眼，视线穿过缅街的混杂，落在对街星巴克咖啡馆绿色美人鱼的标志上。这一带他每天都要去超市买菜时经过。不像曼哈顿每个街区几乎都有店面，星巴克在皇后区的法拉盛只有一家，因此很快成为一个热闹的地标，门前总是站满了约好在这里见面的人，连挤进咖啡厅都还要拨开人群。这里不久前才发生了命案，人们却似乎感觉什么也没有发生过，一切照旧。曹建明每次路过星巴克都会加紧脚步。一来他怕人多，二来他总觉得有点莫名的紧张。他虽说是在纽约住了十多年，可是每次去外国人的店还是适应不过来，心里直发虚。明明星巴克里的服务员都是中国人，他却依然克服不了心里的卑微感。而今这正是温蒂的丧身之地，使得他更为小心谨慎，绕道而行，去隔壁的功夫茶小店买杯珍珠奶茶。

珍珠吸得累了，他从上衣口袋里抽出根烟，缓缓地抽起来。烟雾袅袅而升，伴着古筝悠扬的琴声，在嘈杂的人声中飞腾。

“丫丫，让妈妈看看你的新包。”曹太太兴奋地列数着手里五彩缤纷的购物袋子，丫丫正迫不及待地拆开包装。母女俩今天坐中国城的大巴去伍德伯里（Woodbury）廉价经销店一日游，可淘了不少便宜货：打折的名牌衣服，亮丽的时尚皮包，制作精良的鞋子，以及各种首饰装饰品，两个人从头到脚用名牌全副武装起来。美国真是个好地方。

“爸爸，你觉得好看吗？”丫丫穿上新买的连衣裙，挎上新肩包，像个小模特似的身子一扭，站在刚回家的曹建明面前。

“嗯，不错。”曹建明十分惊讶。不是惊讶于平时朴素的女儿被华丽衣服打扮下呈现出的别样美丽，而是惊讶于这些新行头到底花了多少他给的生活费。他应和了一声，敷衍着女儿，强挣着露出一丝笑意，径直往他自己的房间走去，随手关上了门。

“吃晚饭啦，快出来吧。”曹太太今天虽然挺累，但是心情很好，声音嘹亮地招呼着曹建明，一边嘱咐丫丫去敲他的门。煮好的鱼汤香气满屋，各种家常炒菜摆满餐桌，令人馋涎欲滴。

曹建明一声不吭，脸色铁青，憋着一肚子气。推门出来并不急着入座，而是看了一会儿水族箱里的鱼。

“你们今天花了多少钱？”曹建明转身问正在厨房里拿碗筷的妻子。

“不多，几百块。价格可比国内便宜多了，各种各样的牌子应有尽有。我的脚都走得疼了。早知道应该穿跑鞋。有经验的中国人都是拿着那种带轮子的旅行包去买的。”曹太太今天算是见了世面。还在国内的时候，那些大品牌的衣服首饰，她是想都不敢想的。

“啪！”一叠五颜六色的卷曲的旧纸被曹建明扔到餐桌上，上面醒目地印刷着各种百分比数目，“你知道这些是什么吗？我告诉你，这些是买菜和生活用品的各种优惠打折券。我省吃俭用想办法节省开支帮你们办绿卡付生活费。你们倒好，钱到处花！”

曹太太方才灿烂的笑容和愉快的心情被这突如其来的质问给镇住了，好一会儿才意识过来，说："哦，你倒是批评起我们浪费钱来了。光你在那些照相机上花的钱，都要比我们的多出多少倍？"曹太太火气爬上来，也不甘示弱，"丫丫和我难得买点衣服你就这么小气，还算个男人吗？我到底也自食其力在工作，生活费不少给你。你要房租，我照样可以赚出来！"

丫丫靠在卧室的门背后，偷偷地听着父母的争吵，默默地流着泪。想当初离开中国那会儿，在亲戚朋友面前是多么风光。老爸在美国，过去办绿卡、学习、工作想必一路顺风，谁不希望有这样的机会！这么多年来总是盼着这一天，苦尽甘来，梦想成真。如今到了这里，连买件衣服买只包都要斤斤计较没有自由，感觉像上当受骗一样。回忆中的父亲虽然已经十分模糊，可依然是和蔼可亲、慷慨大方的。美国到底如何改造了他？她怎么也想不通。

曹建明面前的饭已经凉了。早些时候他在法拉盛公共图书馆的台阶上想了很久，要不要告诉母女俩这个丢了工作的问题。说出来或许可以得到她们的理解，有助于全家做好安排渡过难关，然而他在她们面前那顶梁柱的形象也将土崩瓦解。不，不能莽撞。如果她们知道他的经济状况，说不定会离开，那就前功尽弃了。这个年代，亲情与爱情，还抵得住经济利益吗？他不敢打包票。毕竟他们已经十年没有见面了。不能冒这个险。

这时候，林芷正在自己的房间里看书。她可真如热锅上的蚂蚁，不知是应该出去解围还是继续装聋作哑。如果出去，站在哪一边说话都要得罪人，而她又不是巧舌如簧的人。

“说实话，我是不要你的钱，拿出来点钱给女儿花花是正经。买件衣服怎么啦？将来花钱的地方多得是。”曹太太往饭桌边一坐，完全丧失了摆弄晚饭的心情。

曹建明坐在对面，不服气地反驳说：“你以为我不想？你们是不知道美国生活的艰辛。”这话里有话。可是他点到为止，终究不愿意承认其中的具体缘由。

丫丫再也忍不住，“哇”的哭出了声来，一时激动，推开房门往外跑。曹建明反应快，赶紧转身跑出去追。

曹太太一个人怔怔地坐在客厅里，红肿着眼睛，悄悄地抹着泪。桌上的几碟小菜和鱼汤，方才还热气腾腾，现在已化为一摊不冷不热的温吞水，让人嚼之无味，饮之无趣。荧光灯冷淡的光线，不仅划出了耶稣纤长而悲怆的受刑身影，也将曹太太那孤独而灰暗的投影深深镌刻在泛黄的白瓷地砖上。她漠然地盯着水族箱中的鱼群，无意将视线聚焦，似乎自身也被这充塞着人工水草装饰的水族箱给迷惑住了。

她突然想起明早还要去做护理，好不容易找到这个工作，不能把家里的坏情绪带进工作里。想着想着，她低下头去扒了两口冷饭。

林芷轻轻地推开卧室的门，屏气凝神地来到餐桌旁，问道：“阿姨，你还好吧？”

“我没事，挺好。”她的泪痕还没有完全消失，挤出委屈的笑容却已经爬上眼梢。

“哦，这是下个月的房租。”林芷将一个白色的信封递到曹太太的面前，里面是一叠现金。

“这个你要给曹叔叔，他最爱管钱的，谁也插不了手。”曹太太赌气地说着，一边尽快地吃着饭，当作一切都没有发生过。

此时曹建明紧紧地搂着满脸不服气的丫丫从门外进来，心里万分疼痛。丫丫那单薄的身体像被挟持的小鸟，歪歪斜斜极不乐意地被推进屋来。

“爸爸是喜欢你的，你还不明白吗？”他轻声细语，言语中蕴藏着深切的父爱，却不知道该如何更深一步来表达。爱，难道必须成为漂亮衣服和闪亮包包的依附品吗？他的胃里一阵抽搐，一手赶紧扶住了墙壁。幸好明天一早可以去教堂做礼拜，也许可以叫上林芷。想到这里，曹建明长长地舒了一口气，默默地坐下来，重新盛了一碗热气腾腾的饭。

二十一

爱在哈德逊河

吉雨回国已半年多，定居在江南古城苏州，一方面离上海近生活方便，另一方面苏州生活的节奏相对于大城市如纽约、上海更加闲散舒缓，适合小孩子的成长。从美国海运回国的大件行李刚刚运到，父母已经退休，因此一起到苏州来照顾孩子。新的工作报酬福利都不错，由于苏州的生活费便宜，算下来比在纽约的收入还存得多。吉雨心满意足地开始新的生活，买上新车，添上新家具，就算走在石子路的小弄堂里去吃一盘生煎馒头，也不由得心生欢喜，咧嘴而笑。

这次回国对吉雨来说是如鱼得水，如虎添翼。依靠在美国完成的高等学历和几年扎实的工作经验，在国内汇集了几个合伙人，一起风风火火开起了公司，前景甚好。想到如果继续在美国待下去，没有地道的英语能力，最多也只能做到资深销售员，无论如何也加入不了清一色白人的经理级别，更别说拥有自己的事业。现在不但生活独立，有父母照顾，节假日带着老公孩子到周围诸如太湖、杭州、南京的景点转转，呼朋唤友也方便，苏州丰富多彩的茶馆饭店尽管挑，一醉方休。

吉雨和林芷联系不是很多，有时候在新浪微博上给彼此留言。吉雨在纽约的时候天天挂在微博上，这是她唯一知晓国内情况的工具，回国以后倒是懒得用了，只偶尔上去看看，更不用提脸书。纽约的浮游生活在吉雨想来仿佛是自己曾经的一帘旧梦，梦醒了，国内的生活才是真实的存在。

“现在回了国感觉完全不一样，”吉雨说，“从美国的边缘人一下子转变过来，完完全全地成为主流社会的积极分子，这种掌握命运的感觉就是我想要的。”

“我倒还好，不管在哪个社会我都把自己看成是一个冷眼旁观的观察者，很舒服于这个角色，因此哪里对我都一样。”林芷说。

“话虽这么说，你也该早点回来了，我们姐妹们好团聚团聚。毕竟父母都在国内，将来他们老了需要照顾，你总不能把他们带到美国这个语言不通的地方让他们受罪吧；况且我们都快而立的人了，你说这么个年龄再要用外语建立人际关系多难啊，更别说认识个知心的朋友。”吉雨在电话那头一边劝说林芷，一边哄着小孩，一边又督促着她母亲别在菜里加太多盐，背后传来一阵小孩的哭闹声，“好了好了，我先说到这里了，下次再聊。宝宝乖乖，妈妈亲亲……”吉雨匆匆忙忙地挂了电话。

纽约到底有什么好留恋的？没有家人，没有挚友，没有故乡的食物，没有熟悉的文化意境。但如果说要转身离开，却又恋恋不舍。它有自由，有多样性，有世界一流的博物馆和音乐剧，有世界各地的珍稀佳肴，有随心所欲的发展空间和环境。生命是短暂的，如何选择在何时何地做怎样的事情才能幸福却是一门大学问。林芷内心像潮水一样起起落落摇摆不定，生怕做出一个错误的决定而后悔余生。想当初还没有出国的时候，雄心壮志抱定信念一定要离开自己的安全小窝到外面的世界去闯荡，不管有多么艰苦也要克服。多少年以后的今天，却徘徊于中西之间难以抉择。生活果真如钱老先生所述围城一般，进去的人想出来，出来的人想进去。以前读到这里总是嘲笑这些人有多么愚蠢，不懂得珍惜已经拥有的，可实实在在地轮到自己，却真是当局者迷。

林芷在美国继续投简历找工作的同时，也开始在国内撒网。相对于在美国说外语跟本土人竞争本已炙手可热的几个仅有岗位，在国内找工作变得如意很多。几个知名公司都向她伸出橄榄枝，林芷的心痒痒的，开始慢慢明白吉雨那么急切回国的心态了。祖国总是欢迎自己的孩子的。

这一年的十月中旬，天气微凉，却并不寒冷。街角的小摊位除了咸咸的椒盐脆饼和涂满黄色芥末的热狗外，飘来了热气腾腾的烤栗子香味。纽约人又开始兴高采烈地采购着万圣节的装束，雕刻着各式形态的南瓜灯，准备展开张牙舞爪的姿态来迎接这个一年一度的盛大化妆舞会。

自从吉雨回国以后，林芷便没有心思再花时间参加派对了。她本来就是一个内向安静的人，缺少了吉雨的社交热情作为前锋，便完全失去了动力。这些日子，她在心里酝酿着一个巨大的决定：回国。国内的几个公司已经愿意进行最后一轮面谈，也就是见到本人，并讨论一下待遇的问题。林芷想先请两周假算是回国探亲，顺便带一部分物品回去，如果国内一切顺利，就不回美国了。家具之类的生活用品不能带走，可以委托给文森特帮忙处理，有朋友要的话就便宜点卖掉，或者干脆捐献给救世军组织。

这是一个秘密，暂且谁也不需要知道。曹建明若是知道，不知道会采取什么措施阻挡林芷离开；或者急于找下一个租户，那么林芷的家具生活用品可怎么办。公司若是知道，就等于是断了自己的后路，万一国内的求职不满意，美国也回不来。父母若是知道，当然满心欢喜，最好林芷就一心一意在国内找个离家近的工作生活可以互相照顾，可是这样一来也就完全浇灭了继续探索外面世界的希望。林芷想回国的决心是下了，可是还有些踌躇徘徊，也许终归要回去了以后适应了新生活才能完全放弃纽约，就像失恋之后的最好补药就是再找一个恋人。来一趟美国得过五关斩六将十二分不易，抛弃现有的生活而去回归生活的本源却是更难的境界。林芷横一横心，抱着极大的勇气在网上买了一个月以后回国的单程票。谁也不知道

Monday - Friday
CHILI DOG
HOT POTATO KINSH
HOT POTATO KINSH
HALAL BEEF SHISH KEBAB
ZEYAD
HALAL
FOOD
CHICKEN KEBAB
SHISH KEBAB

街角的小摊位

她的秘密。

文森特在网上看到一张纽约州的照片：秋日的枫叶在蔚蓝的天宇下红得正好，不禁心生向往地想前去探秋，顺手把照片转发给了林芷。两个人一阵惊叹，原来纽约不只是钢筋水泥森林，不远的北边就是城市之外的避难所，便相约周末前去远足。

火车从曼哈顿市中心的佩恩枢纽车站驶出，沿着哈德逊河一路向北。河对岸绵延起伏的山峦逐渐映入眼帘，在金黄、朱红与墨绿的水彩渲染中伸展舞动。没过多久，高楼耸立的曼哈顿已经恍若隔世，眼前真切的自然是色彩斑斓的乡间野外。林芷悄然放下了一贯紧张的情绪，不时地依着窗口，陶醉于阳光里的别处生活。文森特一边观赏沿途的景致，一边举着单反相机咔咔地拍起照来。

这是一个安静祥和的乡间小镇。一条布满各色小店铺的主干道一直延伸到山脚下。路上人烟稀少，只有落叶满地。风吹过时，发出沙沙的声响，如同潮水，此起彼伏。也许是周日的缘故，街上的小店大多关着门，只有一幢咖啡色砖砌的教堂前稀稀落落停着几辆车。文森特调皮地爬上教堂边大树下的秋千，使劲荡起来，开心地笑。

两个人需步行穿过小镇才能到达山脚。看似不远的距离走起路来却遥遥无期。越靠山边房屋的间隔越大，渐渐地每家每户都拥有修饰精美的花园或走廊。一座石砌的白色教堂伫立在一片宽敞的草坪里，尖顶插向云间，似乎在召唤着人们。慢慢可以听到水声潺潺，越来越响，却无从寻觅踪迹。林芷本来已有些累了，这时又激发起自己的好奇心，想赶快朝声音的方向前行去探个究竟。

小镇中蜿蜒着一条废弃的旧铁路，杂草丛中开出星星点点的白色野花。跨过铁轨，转个弯，踏上一座斑驳的石桥，豁然开朗。湍急的溪流从脚下奔腾而过，因为一个几米的落差而造成了小瀑布的景观，溅起的水花飞舞。两人欣喜地靠在桥栏上俯视，因为激烈的姿态，也因为欢喜的声音，久久不愿动身。

上山的引路被修葺得很仔细，木质的台阶和扶手架在铺满落叶的山地上。不时地，一两个远足的旅人微笑点头，擦肩而过。这里倒是比小镇的商业大街更有人气些。林芷时而停下脚步，放眼回看小镇的方向。透过层层叠叠的树叶和渐渐冷去的秋风，小镇在视线里悄然远去，点点的踪迹，仿佛是远方的故乡。

通过引路渐入山境。小镇已被高大的树丛遮掩，不再可见。道路逐渐趋于原始，碎石与泥土，落叶与秋霜，混杂地铺陈开来。在岔路和转角的一些树干上，依稀可见彩色的路标，防止旅人误入歧途。

“你好，你好！好高兴见到你们啊！”忽然间，转弯道上涌出一队中年旅人，各个戴着鸭舌小帽，有的拄着拐杖，有的拿着相机，兴奋地朝林芷和文森特走来，用带着韩语口音的英语大声嚷嚷着表示问候。“小姑娘你真漂亮。小伙子你真帅气。”一位满头银发的韩国老者眉飞色舞，挥动着手中的爬山杖，停下来喘口气，笑着指点着。他身后的队友纷纷减缓了脚步，有的在山道两边的大石头上坐下歇息，有的打开背包取出水壶和点心补给能量，有的谈笑风生，嬉笑玩乐纵情自然，如同小孩子春游一般地好奇与活泼。林芷和文森特走过时，他们纷纷投来善意和喜悦的笑容。

两人立志爬上山的最高峰，不达目的不罢休。愈到深山处，道路陡峭，气温骤降。深秋的纽约城秋高气爽，云淡风轻，如今来到山上则是另一种气象。林芷向上翻起运动衣的厚帽子，再用毛线围巾把自己从脖子往上裹紧，方才可以略微抵挡点风寒。文森特身体强健，平时经常踢足球锻炼了他结实的肌肉和体魄，因此并不觉得冷，倒是有些出汗。

阳光时而明媚，时而被云朵遮挡。地面随着云和叶的影子忽明忽暗，像难以琢磨的人心。满树斑斓的叶片是天然的屏障，挡住寒意深刻的秋风，护着两人前行的山路。前面一处陡峭的石阵，需手脚并用才能攀爬上去。文森特先行一步探路，站稳后伸手示意拉林芷。林芷在刹那间有些不好意思，却也没有别路可选，便一把抓紧了他温暖的大手。此时两人已疲惫得气喘吁吁，挣扎着走到巨石边的一小块野草地里休息，却忽然发现一片空旷的山地已然展现在眼前，这就是山巅了。两人心里一阵激动，争先跑到崖边。眼前是一望无际的山脉，覆盖在五彩的森林毛毯下。哈德逊河像一条蜿蜒的裙带维系着远近的山川，远方隐约可见小镇和跨河大桥。那边是平常的生活，显得那么渺小而微不足道，唯有整个河流山峦才是世界的主宰。两人肩并肩站在崖边，默默地沉浸在眼前的宽广景致里，以及彼此的陪伴中。

山顶迎风处寒风凛冽。巨大的石块在山风的洗礼下失去了棱角，变得圆润光滑，像巨大的生物匍匐游移在自然界的顶端。两人躲在一块大石头的背后，方才可以喘口气。经过大半天的攀爬，都又冷又饿。山顶此刻除了林芷和文森特之外只有彻骨的北风，毫无人烟，更不用说美国旅游景点里常有的餐饮小卖部了。

文森特舒展了下四肢的筋骨，卸下登山背包，从包里取出一个塑料袋，掏出一个饭盒和两个苹果，又从包里递来一瓶矿泉水给林芷。“惊喜！”他咧嘴一笑，饭盒里变戏法般地出现两个意大利腊肠夹切达干酪三明治。“我今天一早做的。知道会饿肚子呀。”林芷心里喜悦，注视着文森特向他道谢。这个细心的法国人在寒风里满脸通红，栗色的头发在头顶肆意舞动，像匹矫健而善解人意的小马。只有那浅蓝的双眼，像一潭湖水那般宁静，仿佛倒映出林芷孤单的影子来。

“其实我可以每天为你做饭的。”文森特心里想着这话，却不知不觉地说了出来，自己也一惊。

林芷心里有一股暖流涌上冰冷的四肢，不知不觉地笑了，嘴里打趣地说：“我就是爱吃啊，那我就有福了。”两人大笑起来，伴随着寒风的呼啸声，回荡在山谷之间。

可是林芷要走了，飞机票都买好了。她想告诉文森特，却又怎么也说不出口。

黄昏的山顶，阳光把山石镀了一层金。远处的哈德逊河上波光粼粼，偶尔反射出的一片光泽像镜子一样耀眼。

“我们得赶在太阳下山前回到镇上，夜晚的山路会很难走。”文森特说着，收拾好饭盒、卫生纸，背上登山包，小心将林芷扶起来。只见整个山谷浸润在流光溢彩中，空气里仿佛浮动着生命的因子，就等着夜晚的来临而渐入梦境。两个人深深地呼吸着自然的气息，沐浴在夕阳的余温里，相伴步行下山，安静地想着彼此的心事。有几次文森特想去握住林芷的手，却又转而拍了拍她的肩膀。“加油，”他鼓励地说，“你今天的表现很不错。”林芷在办公室里一向以宅女自居，文森特经常以此开玩笑。他是一个热爱探险猎奇的人，懂得享受生活的新奇。但是不知原因的，他被眼前这个安静的亚洲女子深深地吸引了。

登高望远，远处是哈德逊河

二十二

告别

曼哈顿中城，一个潮湿而寒冷的雨夜。高低闪烁的霓虹灯映衬着韩国城里熙熙攘攘的人群。地面上斑驳的倒影被往来车辆溅起的水渍划破，水雾迷蒙，寻找着出口，仿佛池塘水面上翻腾的鱼尾，争相在雷雨前冒几个彩色的水泡。一把糖果色透明的雨伞，夹杂在墨色聚酯纤维的密云中，匆匆走过，露出红唇上的一抹胭脂，回荡着高跟鞋敲击水泥地的清脆，伴着雨点的混音。挽着香奈儿手提包的韩国女孩，一边向路灯的氤氲中半吐个温暖的烟圈，一边盯着手机等待着伙伴的到来，果绿色的指甲被雨点打湿了。

曼哈顿狭小熙攘的韩国城，只不过是贯穿第五大道和第六大道之间的一条三十二街：餐馆、酒吧、甜品店、超市、银行等，是个小小的浓缩版韩国。街道虽小，却蕴藏着丰满的能量，耳中所闻尽是抑扬顿挫并带着嗲气尾音的韩语，眼中所见尽是成群结队衣着鲜丽的韩国人，空气中酝酿着韩国烧烤的油烟，耳边是忽高忽低的韩式唱腔，纽约客反而成了进来猎奇的少有外族人。一楼店铺的楼上布满了各种KTV酒吧，这一点与皇后区法拉盛的唐人街多少有些相似。虽说纽约的消费娱乐是全美最丰富的也并不为过，但那些纽约本地人热衷的享受，是去看一场林肯中心价格不菲的意大利歌剧，去新泽西海边沙滩上晒一下午太阳，到中央公园里欣赏复古爵士乐，或者到现代艺术博物馆去看装置艺术，大部分的亚洲人不一定感兴趣。纽约亚洲社交圈子里的娱乐活动比起国内来可是相形见绌，卡拉OK在这里依然是亚洲人老少皆宜的主要娱乐活动。包厢里坐下，沙发上靠拢，茶水饮料酒品，瓜子水果小吃。价格合理，位置便利，是除了上馆子以外亚洲人的又一聚会之处。每到周末晚上，不管是韩国城还是唐人区，KTV楼前总是人丁兴旺，不仅仅是年轻人三三两两地排队等候，中年人也带着家人朋友一起联络感情。

丫丫的好朋友都在国内，刚来这里生活孤独，唯有与母亲做伴。前些日子因为男朋友的事情，跟妈妈大闹了一回，至此更不愿意跟家里提起这方面的话题。曹太太原来想用帮丫丫买衣服的方式来缓和母女之间的别扭，却迎头被曹建明指责铺张浪费，自讨没趣。因此丫丫这几天情绪一直也提不上来，便以闭门苦读来度日。如果说曹建明夫妻俩在其他问题上观点参差，信仰迥异，那么在对女儿的爱护和培养这一点上他们的感情却是坚不可摧的。曹建明因为批评了母女俩购买名牌衣服而使女儿很有情绪，他后来也是颇为后悔。现在正好是女儿来美国以后的第一个生日，曹建明逮着机会要给她好好庆祝一番，缓和一下最近家里愈发剑拔弩张的氛围，当晚便邀请了几个自己的中年朋友，又对林芷说："你可是我们的贵宾，一定要来的。"在钱柜KTV城订下包厢，邀请大家一展歌喉。

丫丫是个出生于20世纪90年代的孩子，跟林芷相差不到十岁，却完全不是一个时代的人类。她虽然羞涩，唱起流行歌曲却毫不掩饰情感，在大家谈笑寒暄时把点歌菜单上的流行新曲一首一首地唱过来，做背景里的甜美音乐。林芷也算是年轻人，却没有听过她唱的任何一首曲子，甚至一些流行歌手也十分脸生，像是隔了几重山听山歌，到处都是回音，却不知所唱何物。林芷在国内的时候也热衷音乐，还经常参加市里的歌唱比赛而得奖，邻里都夸她有一副好嗓音。小时候经常买磁带用随身听听音乐，那时候觉得随身听跟个宝贝似的爱不释手，也因此觉得听音乐是无比珍贵的一件事。后来用CD机，家里堆叠成小山的唱片，在一只如宇宙飞船形状的银灰随身CD机里飞旋，充满神秘色彩。大学里开始用MP3，数字化以后的音乐可以在一颗极小的电子设备里无限播放，甚为方便。现在用iPhone，里面有成千上万的音乐和APP尽情选择，倒是信息量过大而不知从何听起。听音乐变得过于随意，失去了作为独特欣赏的一种意义，而成为一种平常的生活方式，像呼吸一样无意识。只是国外的手机APP里面几乎找不到中文曲子，至多只有一两首老皇历的粤语歌。林芷自从踏上了美国的国土，就失去了捕捉中国流行音乐的机会。脑子里的音乐世界，依然停留在出国前的那一刻。

林芷对国内当前的流行文化非常陌生。什么《中国好声音》，什么《非诚勿扰》，国内的风云变幻，民众心理，在林芷独自奋斗于美国的这些日子里，都迅速而悄然地改变着。然而对于没有电视并且只靠英文版《纽约时报》和当地免费中文报纸补充信息的林芷来说，祖国的故事已经留在了历史里，变得无关紧要，也无须关注。偶尔登录新浪微博，感受一下流言四起的新闻和传言，也只是作为茶余饭后的消遣，莞尔一笑而已。整个唐人街，整个中国城，一并滞留在了对于故国的怀念当中，却不知故国已逝去在时间的洪流里。记忆只是一种虚幻的存在，作为现实生活的补充。大家捕风捉影，猜测国内的生活，有的谈虎色变，以为处处陷阱；有的归心似箭，只怕错失良机；更多的人，观望着，踌躇着，只发现故乡越来越远，越来越不可知。

曹建明和他的老友轮流唱了几首革命歌曲，情绪激动。一曲《小小竹排江中游》，勾起了曹建明对热血沸腾的年轻时光的回忆，那充满理想和热情的时代，那富含机会和可能性的年龄，多么可贵。又一曲《送战友》，想起失散多年的曾经好友，如今也不知道在国内混到什么级别了。再一曲《莫斯科郊外的晚上》，惦念起青春年少妩媚动人的惠如小姐，而今当已嫁为人妇，成为人母，脸上是否也爬满了皱纹。时过境迁，歌曲还在，情感依旧。一唱起来，又是朝气蓬勃的革命青年，多么浪漫！

曲到终时，曹建明从隔壁面包店里提来精心准备的冰激凌蛋糕，上面用红色的奶油写着“丫丫生日快乐”的花样体英文。他亲手点上蜡烛，让女儿许愿。丫丫开心地把蛋糕切开分到小碟子里。曹建明捧起第一碟递给林芷，笑容满面地说：“贵客先来。”

预定的回国日期即将到来。这个秘密藏在心里越长越大，快把林芷撑得喘不过气。她计划趁着曹建明刚办完女儿生日的高兴劲头上把这个离开的消息给传达了。毕竟自己这一去很可能就不再回来；即便回来，也绝不愿意再在这公寓里住下去。只是不想把这件事情表现成对曹家的不满意，而要另找合适的借口为好。

“我也是走投无路，”林芷娓娓道来，“纽约是个伟大的城市，但毕竟不是家乡。年轻人过来经历一遭是人生的一笔财富，但要长久生存下去却压力巨大，危机四伏。我嘛见好就收，回去一片海阔天空，想做什么都成。这些日子还是多谢您的照顾了。”林芷等着曹建明和太太都在家的时候，把原委细细说明，倒是光明正大来得好，曹建明也不能把自己怎么样。

“没关系，这个我们都理解，是吧。”曹太太对丈夫使了个眼色，和颜悦色地对林芷说，表现出一个母亲的大度和豁达。

“那就可惜了，本来还想你可以跟我们家丫丫多多交往的。你在纽约也没待多久，就要走了。要不要再想想？来美国一趟不容易的。”曹建明强装平静地提议道。

“要想的都想过了。该断不断，反为其乱。既然下定决心回国发展了，就不回头了。”林芷一语双关地说，但愿他能知晓其中的深意。

曹建明的内心像被掏空了，瞬间万念俱灭，望着林芷的眼神也萎靡黯淡了下来，想挣扎着说什么，却挪了挪嘴唇发不出声音。曹太太也觉察出几分，却不知道缘由。林芷没有给予他再提建议的时间，匆匆回了房间关上门。

这天晚上，曹建明躺在床上思前虑后愁肠百结，一件件回想起来也不明白自己到底做错了什么事得罪了林芷，只是莫名地懊悔不已。人到中年本来没什么可期盼的，只是沉浮在生活的洪流中尽到一个做父亲和丈夫的本分罢了。林芷的出现给自己乏味的世界带来了一个希望，她是一艘清新的小船，载着他重启青年时代的梦想。他像是愚昧的蛮人豁然间皈依了圣主，在混沌中浮游的灵魂瞬间生长出翅膀，明确了飞行的方向。如今小船消失了，他又重新跌落到错综复杂的沼泽潭里，挣扎着露出头来呼吸，寻找着不真切的彼岸。他想着不禁觉得心头一阵烦闷，干脆坐起来披上外套，起身点上支烟，推门走到阳台上去透透风。

我这一辈子就是太软弱，曹建明悔恨地自责。当初狠不下心来追随惠如到台湾，落得如今这个门当户对的包办婚姻，像鸡肋一样难以推托。初来纽约时给了温蒂希望，其实更多的是想解决生理的问题，不想女人却是感情动物，分不开性与生活的本质。如今既想弥补自己在婚姻中的愧疚，帮母女俩尽早申请绿卡，照顾好女儿的学习生活，同时又保持着和温蒂的藕断丝连，因为老婆都不愿意碰自己。人到中年，欲望还是热烈的，生活的压抑如果不在这里释放出来就会令人崩溃。如果说老婆是亏欠的责任，女儿是生活的希望，惠如是迷失的浪漫，温蒂是身体的需求，现在出现了一个林芷姑娘，则是一种久而复得的爱情的滋味在他的心里流淌，让他颤抖而幸福，谨慎而向往，牵引着他那青年时代的美好回忆与憧憬。多么难得的时刻，多么珍贵的心灵，却偏偏又没有抓住，实在是人生的不幸。

人和人的距离是那么微妙。此时建明心里的那个女子正在房间里休息，只有一窗之隔的他在阳台上沉思。仿佛可以一伸手触摸到她，可是他也知道这距离确有千里之远，他已经再也够不着了。天边的一轮残月，月光抚恤着他瞬间苍老的轮廓，一丝凉气侵入他的背心，他忍不住咳嗽了两声。

“看你个傻样，唉声叹气地干吗？现在房子紧张，她一走就又有人来的。”第二天吃早饭，曹太太一边笑话着曹建明，一边朝女儿眨眼睛。女儿也咯咯地笑了起来。只有曹建明一个人闷闷不乐。

“真没想到，真是没想到。”曹建明暗暗地自言自语着，任凭妻子女儿在周围嬉闹取笑。

“老头子现在真是昏头昏脑神经兮兮的。”曹太太指着曹建明冲林芷说，“别放在心上，我理解你的选择。美国没什么好的，中国人就是喜欢出来扎热闹。”

二十三

飓风

十月底是林芷离开美国奔赴家乡的日子。她对此盼望已久，恨不能穿越时空立刻出现在自家门口。想象弄堂里飘出的红烧肉酱味蛋的醇香，推门进屋是熟悉的家乡话和母亲手拨的雪白荸荠，在青瓷碗里映射出剔透的汁水。然而真挨到了这临别的几天，却被伤感和迷茫的情绪包围。毕竟，纽约可以说是她的第二故乡。在她举目无亲的人生旅途中，纽约张开自由的怀抱，毫无偏见地容纳了她，给予她生活的土壤和机会。毕竟，出国是一条坎坷的道路，挑灯苦读学习英语的日子，努力生存四处碰壁的岁月，忍气吞声奋发图强的精神，已然为她的青春做了最丰富的诠释。前面的路，却依然迷离，唯有“奋斗”这两个字，是唯一指路的明灯，让她不至于迷路。

林芷在房间里忙着打包，手机突然嘎嘎作响，跳出一条警报，说是周末有飓风过境，整个美国东海岸都在紧张地进行着准备工作。纽约市长彭博、新泽西州长克里斯等都即将发表电视演讲部署抗灾情况。政府强烈呼吁住在A区低洼沿海地带的居民及早撤离到安全区域。交通部门通知周日晚上整个纽约市区的地铁和公交系统都将停止运转，肯尼迪和拉瓜迪亚飞机场也将陆续关闭。飓风有可能会导致纽约和新泽西地区的用户停电7~10天。政府建议大家在交通还正常的情况下抓紧时间囤积口粮。

下周的飞机很可能要被延误了，林芷下班后得赶紧去超市采购一周的食物。记得去年八月份也是飓风过境，超市的入口处排着绵延长队一直延伸到几个街区以外。好不容易进入超市，许多食品如面包饼干矿泉水等都已经一抢而空。林芷想采购一些罐头食品以防停电以后冰箱不能用，见到两个纽约人正在为谁拿最后一个黑豆罐头而争得面红耳赤，最后营业员过来把罐头让给了一个女生才化解了危机。今年可不能犯同样的错误，得提早下班去抢购。

文森特也在琢磨着采购食物和应急用品。他住在曼哈顿下城区的一个高层公寓里。虽然不算是沿海低洼地区，却也是面朝大海。再说楼层越高，风速越大，有些担心，但至少不会被淹。

“下班一起去抢购粮食喽，”文森特满面红光地说，“怕你一个小女人抢不过人家美国佬，还是我帮你一起去冲锋陷阵

吧。”作为小男生一个的法国人，虽然体格上跟壮实的美国人不能比，心理上却是比谁都趾高气扬，充满积极性。

“好吧。那就拜托你啦。”林芷拍手道，采购粮食可是头等大事，人多力量大。

两人下午提早下班，坐地铁来到联合广场附近的乔式连锁超市。这里是纽约白领们最爱的美食世界之一，提供来自世界各地质优的新鲜食品，价格却比同样推崇有机食品的全食公司便宜很多。还没到店门，远远就能看到一条长队在超市楼前蜿蜒起来，门口的店员正在限制人流涌进超市，让人联想起国内人民热情高涨抢购新开楼盘的情景。不过队里的人们却并不见烦躁情绪，相反，一些人兴高采烈有说有笑，还有人拿出手机一阵抓拍，立马上传到脸书上去。

超市从去年的飓风事件中学习到经验，准备了充足的食物，因此虽然脚无立锥之地，却并没有产生顾客为争夺食物而爆发的战争。只是结账的队伍排到店外，不时有插队的人被后面的排队者骂出队伍。等待入店的队伍和推车结账的队伍几乎交织在一起，把人的思维搞得杂乱无章。幸好文森特和林芷两人合作，林芷一进门就推上购物车排在结账的队伍里，在以蜗牛速度穿过整个超市迈向结账区的同时，文森特按照两人事先定好的购物单把食物一件件找到后放到车子里。这样待到林芷即将结账的时候，文森特也找到了所需的物品，完美合作节省了时间。

每次林芷经过奶酪区的时候，都会被颜色、形状、口味和国籍不同的上百种奶酪所陈列出来的壮观景象而吸引。不过由于中国人从小不吃奶酪的习惯，她总是像参观博物馆似的赞叹一番便匆匆跑去水果蔬菜区采购。因此文森特一下子放进来好几块奶酪让她有点不自在。

“这些可怎么个吃法？”她嘟哝着。

文森特拿起一块淡黄色的奶酪，往空中一抛，兴致勃勃地说：“哦。这是新西兰切达奶酪，从新西兰大草原上自由放养的奶牛身上挤出来的，可以直接吃，也可以搭配其他任何东西，像放在色拉里或者夹在三明治里。”又捡起一块圆滚滚的用塑料薄膜包裹严实的白色大汤团说，“这个呢是马苏里拉芝士，做开胃菜最好的搭档了；还有这个希腊菲达羊奶乳酪，跟黑橄榄组合在一起最鲜美。”林芷接过形似豆腐的菲达乳酪，隔着包装凑近鼻子嗅嗅，希望能感受到一丝味道。“看这个，”文森特又挑出一款扁圆系列包装，高兴地说，“这是我们法国原产的山羊乳酪，都是从当地的小农场出来的，美国的大工业生产完全不能与之相比，有原味、大蒜、药草以及胡椒四种口味，切成小片放在饼干上做点心吃。”他做了一个咽口水的表情，“这就是为什么在美国要住纽约，也只有纽约能买到欧洲的好东西，当然还有亚洲的。”他一边挑选着钟爱的奶酪；一边自言自语地说。而不知不觉的乡愁，又让他淡淡地忧伤起来，若有所失。

巴黎人思念入口即化的鹅肝（Foie Gras），就像上海人思念汤汁饱满的蟹粉小笼；巴黎人品尝一小白瓷杯浓郁的咖啡，

RAW MILK CHEDDAR
CREAMY FLAVOR DELICIOUS WITH APPLES & PEARS
$5.99
ORGANIC NEW ZEALAND CHEDDAR
$4.29
NEW ZEALAND GRASS FED CHEDDAR
GREAT TASTE FANTASTIC PRICE
$5.99
MILD CHEDDAR
$4.99
PORT SALUT
GREAT WITH CRACKERS AND FRESH FRUIT
$9.99
SHREDDED MILD CHEDDAR
GREAT ON BAKED POTATOES
$3.49
FLAGSHIP CHEESE GIFT PACK
$8.99

超市里各色的奶酪

就像上海人捧着紫砂壶啜饮飘着清香的洞庭碧螺春；巴黎人喜欢撒满杏仁热乎乎的牛角面包，就像上海人一早讲究吃粘着芝麻柔软香甜的糍饭团。巴黎人追求的是生活的优雅和品质，老上海看到的是生活的从容和闲散，纽约客讲究生活的效率和速度。

“我喜欢巴黎的生活，从生活质量上来说要比纽约好。纽约人总是横冲直撞地忙忙碌碌，一心赚钱，忘了生活中优雅的乐趣。我更不喜欢巴黎人，自我、粗鲁，一点也不友好。”文森特一边想念着巴黎地道的热巧克力，一边抱怨说，“不过纽约太资本主义化了，我们都被严重剥削，也好不到哪里去。”

“法国不也是资本主义吗？”林芷想说你不也是巴黎人吗，不过为了避免招惹他因发脾气而着急地脸红，便没有出口。

“法国的资本主义要缓和些，带有更多的社会主义色彩，像社会福利、医疗保险等都要比美国强。”文森特快速扫视了下四周，凑近林芷低声地说，“美国人一听社会主义就谈虎色变，其实我是赞同一部分社会主义观点的。想想那些在中国工厂流水线上组装苹果手机的工人吧，他们难道不是被残酷剥削而需要斗争和反抗的人？资本主义一环一环，都是利润，根本不管工人的死活。就算我们这些白领，也是被剥削的一环而已。不仅仅劳动收入被剥削，消费的时候也被剥削。电视网络上成天播放的跳动广告，都是把可怜的人们教育成商品的附属者和利益的被剥夺者，没有自由可言。”文森特愤愤不平，“也许是创造一种新的社会理论的时候了。”

“就像中国那样，好像还挺成功的，至少在经济上。”林芷说。

“食品安全谁负责？空气污染怎么办？贪污腐败谁来管？”文森特一连串的反问句。

林芷不知道如何回答。

“你一个人在皇后区挺令人担心的。”半晌，文森特说，“只有七号地铁一条线，而且这条是地上路线，天气不好不知道会停多久。离开曼哈顿那么远，感觉就是与世隔绝了。要是有个什么问题，救你都救不到啊。”文森特心里有些矛盾。他很担心林芷被困在皇后区，不希望把她一个人丢在那里，但又不便直接邀请她到自己的住处。亚洲女孩不比美国女孩，太直接会把她吓跑，得换一种交流的方式，何况林芷又是那么敏感的女子。不过也不能表现出依恋的态度，那样未免太缺乏男子气。

“应该还好，毕竟是跟人家一起住，也好有个照应。”林芷虽是如此说，心里却一阵拨浪鼓摇得咚咚响。真要是和曹建明困在一处，尴尬得都没地方逃。如果能够藏到文森特家去避难，说不定还会好些。可人家又没邀请，那怎么好意思主动提出。嘴上却一定要假清高，真是拿自己没办法。

文森特帮林芷把两袋沉甸甸的购物袋提到地铁线的入口，不免有些揪心。两个人礼仪性的拥抱了一下。

“多多保重。飓风之后见。”林芷一直都没有等到他的挽留，以为他也不过就是想帮她一下而已，并没有其他的意思，偏偏是自己自作多情了，便有些惆怅地转身。地铁里充满着手提大包小包购物袋的人们，仿佛是灾难片的前奏，一切元素都在慢慢酝酿。

天空渐渐地暗了。冷风带着小雨萧瑟地游荡在空寂的大街小巷里。林芷一边听着电台里关于纽约各个部门如何紧锣密鼓地筹备工作的报道，一边整理着自己的救生背包，检查万一需要撤离时必须携带的物品。再过两个小时纽约地铁和公交车系统将会全部停止，机场也将关闭。那时候会是多么安静，只有自然的呼啸将陪伴周围。

曹建明和太太倒是根本没有把这飓风的事情放在心上。一家三口在法拉盛居住，在法拉盛工作，因此并不受交通工具的制约，不像林芷每天一早要挤地铁千里迢迢往曼哈顿赶。夫妇俩步行十几分钟就可以来到纽约货源最丰富的几个中国超市。即便整个曼哈顿的超市菜场都被迫关门，中国人的超市会依然张灯结彩地二十四小时营业赚钱。曹建明因此很是嘲笑美国政府的杯弓蛇影大动干戈。他一声不响，笃笃定定地走到阳台上抽根烟，感受着飓风来临前的风起云涌。

纽约市长彭博拖着疲惫的身子，带着一脸的倦意又在电视上讲话了："千万不能掉以轻心，这次飓风的破坏力不可小觑，极有可能成为美国西北地区百年一遇的超级风暴。"

“如果A区的居民不撤离到安全区域，后果自负。不要用自己的疏忽大意来让救援人员冒着生命危险来救你。”

“我们在纽约各地都设有灾难收容所。如果你不能转移到处于安全区域的朋友或亲戚家里，就来我们的收容所，红十字会提供了所有的应急物资。”

当曹建明慢悠悠地吸烟喝茶之际，整个纽约城已进入了风暴来袭前的紧急状态。

忽然门铃响了，划破安静。林芷有点紧张，这暴风骤雨之前会有谁来拜访，倒是要提高警惕。曹太太正在客厅里整理刚从香港超市里买回来的食品，顺便凑上门铃对讲机用中文问对方何人。

“外国人。”曹太太说着，想要去卧室里叫曹建明出来。

“可能是找我的。”林芷不假思索地说，带着希望。

“林芷，是我，文森特。我过来接你到我那里去。”他在那一头气喘吁吁地说。

“你在楼下等我。”林芷心里舒了一口气，有些兴奋，更觉得踏实，仿佛一切都顺理成章。

文森特罩着军绿大衣站在过道中，黑色的纽扣掉落了一小块漆面，深棕色的头发上挂满了水珠，在灯光下闪烁。他饱含深情地望着林芷，开心地笑着。深陷的眼睛微微眯起，纤长的睫毛泛起迷离的光泽，嘴角的酒窝勾画出羞涩的弧度。

他说：“赶紧跟我走吧，赶上最后一班地铁。”随手提起林芷的食物装备。

两人路上没怎么说话，小跑着搭上了最后一趟赶往曼哈顿的地铁。

文森特的公寓，虽然是男生的住所，却色彩斑斓，温馨整洁。客厅正中铺展着一块长方形几何图案的羊毛地毯，柔软服帖地将沙发和茶几收纳进去。电视和音响装置围绕着森林绿的布面沙发，唱片和电影碟片照类别依次排好在玻璃柜里。密密麻麻的英语法语书籍堆叠在墙角的一款黑檀木书架上，伴随着一只雕刻精致的古典木质摇椅和落地台灯，几本《纽约客》和《国家地理》杂志斜躺在地板上的藤编的篮子里，构造出一个阅读的小角落。四面墙上高低错落悬挂着他在周游世界的旅程中购买的工艺品和照片。

“沙发上坐。我做了点吃的先尝尝。”文森特端出一碟涂满奶酪的饼干。

傍晚，窗外狂风四起，呼啸声层层逼近。双层玻璃在金属的不锈钢框架里震颤着，欲从被贴成米字形胶带的张力中挣扎出来。楼房在风中像树木一样摇摆，并发出结构碰撞的机械声，像一个巨大的工厂，吞噬着自然的能量。浴缸里储备的积水涟漪叠起，涌起的波浪从浴缸的一头推向另一头，似月圆时的潮水，运动不息。房间里的顶灯忽明忽暗，在挣扎了几个小时以后，便悄然停止了发光。文森特将备好的圣诞节彩色蜡烛杯摆出，一一点燃，随即又开启了一瓶红酒，注满两只高脚杯："飓风快乐！"他微笑着，脸颊上泛起淡淡的红晕，像个害羞而顽皮的小孩，目光不知道往哪里放。酒红色的毛衣，散发出丝缕暗香。林芷不胜酒力，抿了几小口红酒，便脸上发烫，不时地用凉手背捂住双颊来降温。蜡烛的烛光将彼此的影子投在墙上，恍恍惚惚地游移。外面虽然是洪水猛兽，不知道下一刻会发生什么，两人心里却是承载着喜悦。地铁交通都停止的纽约，就像停止了脉动的生物，冬眠在温暖的洞穴里，不用思考工作的问题。没有电源就不能看电视电脑分心，仅有的手机电池也要节省着在紧要时刻备用。回归到工业革命之前的旧时代，展现在两人面前的是一段充足的独处时间，此刻还有什么比敞开心扉更有意思的事情可以做呢。

林芷把玩着咖啡桌上的瑞士军刀，打开剪刀，又塞回去："我这次回国其实是去面试的。"她试探着说，眼睛朝文森特瞥了一眼，又专注到手中的军刀上。

"中国更容易找工作吗？"他轻声问。

"当然。美国虽是发达国家，但刚从经济危机中恢复过来，比较吃力；中国是发展中国家，正是需要人才的时候。"话语一出，林芷便有些后悔，这么理直气壮，不免太过自信。

他清楚她为找个好工作已经折腾很久，也可以理解她思念家乡的心切，而他自己又何尝不想远在巴黎的父母和妹妹。可是内心却被堵住，缓缓地说："你确定吗？"

每当前面摆着两条道路，林芷总爱选一条行人更少更崎岖的路走。因为可以踩出自己的脚印，更有成就感。当时选择出国是这样，选择闯纽约也是如此，现在回国的路仔细想来要比在纽约的稳定生活来得更充满挑战性。好奇心驱使着她，越没有实际把握的事情她越想去做，全然顾不了周围人事的影响，可是这样是不是太自私了？是不是太一意孤行了？她考虑不了这么多。

法国目前的经济形势很不乐观。22%的年轻人毕业以后找不到工作，虽然比起意大利的39%和西班牙的50%的失业率来说稍微好点。文森特深知是有家难回。他六年前在法国读本科毕业，后来修完硕士到美国来工作。一起毕业的好友就没有这么幸运，六年时间都没有找到正式工作，一直靠做餐厅的服务员来维持生计，另外接点临时工画画图纸，没有稳定收入，住在政府为低收入者提供的补助性住房（social housing）里面。

世界的局势变革如此不可思议。林芷小时候，中国人都对美国抱着神奇的幻想，以为到美国去就如同登上月球一般新鲜与自豪。20世纪五六十年代出生的人，纷纷想尽办法把子女往国外送，以为这是振兴家族的唯一希望。如今美国经济危机，工作难寻，连美国人自己都不相信美国梦了。再看欧洲，中国人对欧洲的情节由来已久，想象中欧洲永远是一个文化丰富历史悠久的温柔富贵乡。美国的传统精神讲究在机会面前人人平等，只要努力奋斗就可以实现成功；进入欧洲似乎就可以吃政府福利了，更是捷径。然而如今的状态却是谁也没有预料到的。除了德国的经济基础还算比较稳固以外，希腊、意大利、西班牙、法国等在国人心中浪漫与艺术的中心都纷纷堕落得饥寒不保。就像是一位风流倜傥受人尊敬的艺术大师，忽然间落魄到没钱吃饭需要上街乞讨的地步，诧异之余不免让人困惑。若不是这经济问题，文森特也不会放弃法国人的架子努力学英语来适应美国社会，更不会遇到林芷。想到这里，他不禁慨叹缘分的奥妙。两个生长在地球不同角落的人，说着不同的母语，一个吃着大米喝着粥吃着馄饨小笼包长大，一个啃着面包含着橄榄涂着黄油和奶酪长大，本来生活在完全不可能产生关联的两个社会里，却被纽约这块魔幻之地像磁铁一般从地球的两端吸引到了一起，被飓风吹到了一张沙发上喝同一瓶红酒，真是难得。

“瞧瞧这些照片。这是在南美印加帝国的遗迹马丘比丘（Machu Picchu），那是在美国中部黄石公园的老忠诚喷泉（Old Faithful Geyser），这张是在加拿大魁北克的古城墙上。”文森特从柜子里取出一厚叠照片给林芷看，神采飞扬地叙述起他的旅行经历。

“你真幸运呀，可惜我都没去过。”林芷羡慕地说。

“你将来有机会的。”他笑道。

林芷不经意间瞥到一张旧照，上面的颜色有一些泛黄了。照片里文森特留着披肩的卷曲长发，与几个男生并肩站在一座大山上，仿佛是约翰·列侬和他的甲壳虫乐队，照片用仰视的角度，因此增添了几分英武之气。

文森特有些不好意思：“这是好多年前了，那时候的心态和现在真的不一样。”他耸了耸肩，带着一股笑看风云往昔的态度。

“你这次回去真的再也不想回美国了吗？”他忽然严肃起来。

“这话我可没说，我还要周游世界呢。”林芷笑笑，给自己点希望，藏起一丝无奈。

“那我们还会再见面的。”他半调侃地说。

“在哪里呢？”林芷问。

“也许在美国，也许在中国，也许在世界的另一个角落。”

他走上前，低下头在她饱满的额头上轻轻地吻了一下，专注地望着她。她充满惊讶，一时不知如何回答，也呆呆地对望着。他满脸通红，支支吾吾地终于说出口：“我喜欢你，林芷。”没等林芷回过神来，他便匆匆起身躲到了厨房，叮叮当当地准备起晚餐的色拉来。

林芷被留在客厅的沙发里，独自品着玻璃杯里的红酒，心情渐渐平息下来。无线广播中播放着肖邦的小夜曲，沉静温柔中带着忧郁。她也一直喜欢文森特，却并不想有意说出来。自己就要离开这里，与其说出来徒增彼此挂念制造伤感，不如保存一份友谊和记忆来得长久。爱情对于而立之年的人来说已经不是简单的情感维系，而需要对彼此的未来有个长远的规划。有点法国式高傲的文森特既不会讲中文，也没有意愿到中国去做长远发展，不想让他因自己为难。林芷更不可能放弃国内的亲朋好友而在步入三十岁之际到法国重新开始。不会说法语是

要被当地人歧视的，更何况找工作。法国的浪漫是为旅行者准备的独立电影，正如纽约的华丽是为朝拜者表演的百老汇歌剧。现实生活总是另一个模样。

文森特却没有这么想。如果今天他不告诉林芷自己的感受，他便再也没有机会了。不管林芷是否喜欢自己，也不管她是否即将动身回国，这一切都改变不了自己对她的喜爱这个事实。他一定要让她知道自己的感情，他在去公寓楼接她的时候就已经下定了决心。尽管这也许是最后一次见她，尽管她也许会生气而离开，但他至少可以心安。

虽然没有电，文森特依然准备了丰富的晚餐，摆设好餐桌邀请林芷入座。在烛光的摇曳下，两个人安静地进餐，好像什么都没有发生过。文森特不时地往林芷的盘子里加菜，她说太多了吃不下，把菜推回到他的盘子里。两个人为此推托不休，却也热闹。他看她有滋有味地品尝着他的厨艺，并将自己放心地交给他来保护，他知道她并没有拒绝自己，心里的担忧渐渐消散。

窗外夜黑风紧，室内也有些变凉。依照广播里的说法，虽然飓风只会维持一两天，电力的恢复却可能需要一周。曼哈顿临海的区域，海水已经漫过边界倒灌入地铁站，因此地铁也将有相当一段时间不能运行。两人不约而同地有些幸灾乐祸，不用上班的带薪假期，相当于又一个节日，暂且叫它“飓风节”吧。

林芷裹上一条柔软的毛毯，仿佛是一只慵懒的猫咪，蜷伏在沙发里，文森特的身边。在温度的包围中，半眯着眼睛看看书。他轻柔地抚摸着她的头发，像主人梳理猫咪的长毛一样小心翼翼。有时候他会问她几个西方文学的知识，比如哪个作者写了哪本书。林芷连西方名字都记不住，当然答不上来，于是他便兴奋地借此讲解起某个作家的生平故事来。林芷也不甘示弱，问一些中国的历史典故把他难倒，顺便宣传一下中国传统文化。文森特有一只手工木雕的古典实木摇椅。看书看得累了，他会爬上去摇啊摇的，像婴儿一样开心不已。现在他把他的猫咪也一起带上摇椅，闭起眼睛，怀抱猫咪，安静而缓慢地摇来摇去，倒是有摇到外婆桥的味道，只不过他嘴里哼起一首外国小调来，像安眠曲一样使林芷睡着了。

回国的飞机这周末要起飞，林芷必须回曹家的公寓打包准备了。在没有电的情况下这几日文森特对林芷的照顾依然彬彬有礼细微周到，林芷甚至觉得文森特对她过于客气了。有时候她多么希望他可以把自己紧紧地抱在怀里，大声要求她不要离开，告诉她他有多么爱她。那样也许她真的会考虑留下。可是他除了那轻轻地一吻，什么也没有要求。他让她选择自己的人生道路，不做干预，也不会后悔。“世界很大，也很小。我会想你的。”他理智地说，一点也不像个法国人。

二十四

国内的生活

天空灰蓝灰蓝的，远处的云层微微泛着红光，像被卷起的礼服裙边。国际航班的大飞机张开双翼安静地停靠在候机厅旁，机身像镀金一样被夕阳的余晖笼罩，像白色礼服上一枚金光闪烁的别针。

临走的时候，南茜小姐匆匆地赶来机场送行，把林芷最新设计的围巾样本送给她做纪念。

“真羡慕你。”南茜小姐微笑着说。

“哪天你想回家，也是随时可以的。”林芷鼓励她。

南茜小姐轻轻叹了口气，说：“你还记得乔么？”

“那个作品登上意大利《VOGUE》杂志的珠宝设计师吗？”林芷对他记忆犹新，一个温暖可爱的厨子，一个奇思异想的创意人，一个收藏芭比娃娃的大男孩。

“他死了。”南茜小姐说。

“怎么会？什么时候？”

“上个月底，是艾滋病。他虽然一直在很积极努力地控制，可是还是走了。”南茜小姐无奈地小声说。

飞机从纽约肯尼迪机场起飞。透过机舱上的小窗俯瞰大地，狭长的曼哈顿岛上簇拥着结构错落的高楼大厦。玻璃、金属和云雾，在眼底熠熠地闪烁着夕阳的反光，越来越小，像施华洛世奇镶嵌在华服飘带上的璀璨水晶，在远处招摇。林芷不禁感叹：为了在这一个小岛上立足，我花费了多少青春的汗水和泪水；为了在这密密麻麻的楼宇中找到一扇属于自己的窗户，我经受着多少内心的磨砺。也许这就是成长，也许这就是梦想。曼哈顿的姿色，曼哈顿的苦痛，只有生活在其中的人才能咀嚼品味。纽约的闯荡让我更清楚了自己人生的方向，纽约的拼搏成就了我回国的决心。人生只有一次，这个纽约梦算是完成了。那么下一步，该如何前进，去开创自己内心真我的另一个梦想呢？

这天她赶地铁去一家上海静安区的公司面试。在纽约的时候已经基本敲定，只需见面而已。正值上班高峰，地铁里人潮汹涌，浩浩荡荡的人群在人民广场站转地铁，这在纽约也是每天早晚上下班必经的状况。不过相比起纽约地铁里的腐烂味道，轨道周围肆行的老鼠，以及到处徘徊着的满身污垢的流浪汉，上海的地铁干净整洁，更像现代化的城市。要是纽约人来上海旅行，一定会觉得不好意思，原来自己所谓的老牌美帝国主义世界大都市引以为豪的地铁系统已经陈旧不堪，怎么也配不上当今的电子信息时代。林芷站在挤到不能动弹的地铁里，想起刚去纽约的时候，看到人们在地铁里愁眉苦脸心情烦躁地去上班，动不动就有人爆发出来开骂一阵，而自己只是作为一个旁观者的状态，自由地幻想着，倒是格外轻松。如今上海也是一样。这种心情就像是看电影，隔着一个大屏幕，里面的人再郁闷开心，自己可是不是稳坐位子上照样吃爆米花，还津津有味？

为什么当初要去纽约呢？不论在纽约还是上海，难道不都是在城市里游走的不自由的灵魂？上次回国的时候爷爷抱怨说送林芷去美国留学是一个错误的决定，因为他担心她再也不会永久性回家了，现在这个担忧或许可以解除。他又说在国内可以生活得比国外更好，为什么要去国外折腾呢？也许他是对的，至少不用那么挣扎着去适应主流社会，不用一次次迷失自己的位置，不用朝思暮想着小时候的平常生活。爷爷是经历过大世面参加过“二战”的老兵，他知道现有的生活来之不易，从来是勤俭节约看不上崇洋媚外：“国外我不是没去过，漂亮的地方多的是，可是金窝银窝不如自己的狗窝！”他喜欢将这句话挂在嘴上。

可是二十出头的林芷，有一种强烈的欲望：要出走，没有办法在一个地方待很久，那种停滞的感觉像是井底之蛙在浪费生命。人生苦短，怎么也不能随意挥霍时光，要每一分钟过得充实有意义才能心安理得。怎样才能有意义？要去探索，去冒险，拥有勇气去放弃已经拥有的令人安逸的因素，去触摸未知。而未知的无穷，生命的有限，又让人变得焦虑起来。

唯有一点是林芷可以肯定的：生活在国内已经跟出国的时候不一样了。国内的环境在变，人的心在变，自己也在变。就像法国诗人兰波说的“生活在别处”，在国内的时候觉得出国才有出路；出国以后，发现出国的人都琢磨着怎样才能回国，并且要尽量衣锦还乡地回国，至少表面上是。也因为出国后再回来，才越发觉得家乡和亲人的重要和难得，因为距离和时间增添了无限的思念，也给想象补充了远离现实的营养。从一个异乡人的角度重新认识自己的故乡，就像重拾初恋的感觉，愈发珍惜。林芷站在地铁里，不禁思索道：“我还是那个地道的上海人吗？可是几年的离别，已经使我对现在的上海不再了解，需要父母朋友像导游一样向我介绍这个变化多端的城市。我是纽约人吗？当然也不是，对于纽约人来说我永远是局外人，不管我英语说得有多棒。我也许更是另一个世界的人，一个模糊了故乡与异乡的人，一个流亡在边界的人，不知道这是幸运还是悲哀。”

苏州对于上海人来说是一座古朴闲逸的后花园。闲来没事的周末，可以去那边探探亲散散心。没有出国之前，林芷常喜欢往苏州去，清幽安静的园林，古典优雅的昆曲，恬淡的绿茶，细致的绢画，都是她的最爱。那时候吉雨还不认识林芷，却最喜欢欧美风。一个人只身在上海闯荡，总是往洋气十足的新天地跑。一杯浓郁的咖啡，呼朋唤友举杯畅饮，穿上最时髦的装束，踩起色彩亮丽的高跟鞋，让她豪爽的性格尽情挥洒。如今两人纷纷从国外回来，更深刻地意识到唯有本民族的传统文化才是最可贵。于是两个小姐妹约定，周末去苏州古城里的老街平江路上走走。

平江路一边临河，另一边是古旧的民宅，跨过河面的小桥，对岸的民宅呼应成趣。典型的苏州旧时小巷：香阁、琴室、画廊、茶馆、客栈、餐馆，林林总总地散落在老街的两侧，像一条丝带串起了散发着典雅风韵的玉石，碰撞出祥和悦耳的古乐。路边一间旧宅，看上去与普通民居相差无几，透过镶嵌在斑驳墙面上的漏窗玻璃，可以依稀看到里面格调高雅、风味独特的装修，几位客人正在品茶闲谈。林芷和吉雨便选了这处小歇。

“想当初我们俩想方设法在纽约找一处稍有品位的中国茶馆，就是找不到，只能去日本的茶馆。”吉雨笑着对林芷说，“现在好了。”

林芷微微一笑。角落边传来低沉的古琴声，原来是隔壁一位琴师正在给顾客试琴，林芷透着漏窗看过去，只见门边木牌上一排潇洒的草书“疏影琴斋”，在风中摇摆。

这日一起过来的还有林芷的昔日同窗好友毛毛和潇君，以及吉雨的朋友文卿。毛毛在国内本科毕业，之后就在家里附近的小学里当老师，最近新添了幼子，是这一群人里参加工作时间最长和生活最稳定的一个。潇君高考之前直接去了加拿大学物理，多年以后的现在，依然在同一个学校做博士后，可谓是学龄最长的朋友，这次正好休假回来探亲。文卿在国内硕士毕业后在上海的一所专科院校当老师。

大家点上茶水和点心。以前没有意识到的平常生活，在相隔了这么多年以后，是这么亲切。林芷在刹那间有一种幸福得要落泪的感觉，但是真不想让大家觉得太矫情，便尽量咽了回去。

“毛毛，你的中学老师当得怎么样啊？现在有个铁饭碗多不容易，像我们这些人折腾到现在还不知道个所以然，你已经是稳扎稳打房子孩子都有了。”潇君有滋有味地嗑着瓜子，笑着说。

“我嘛就混呗。反正也不是教语数外主课。上完课就办公室里聊聊天、上上网、看看电影。”毛毛笑笑说。

“当老师真不错，一年有三四个月假期，又受尊敬又清闲；哪像美国这样一年只有十天休假的，回个国就没了。”林芷小声说。

“那你们可以用公共节假日回来吧？比如圣诞节？”毛毛问。

“圣诞节我们就放假两天。再加上周末，一共四天。连在美国境内旅行的时间都不够。而且圣诞节是美国最大的节日了，其他的像独立日、感恩节、劳动节等，都只放一天假。我们公司一年总共放的节日假，都不超过七天。相比起来国内是身在福中不知福，光一个“十一”就放一周，更不用提春节了，幸福啊。”林芷说着，幽幽地叹口气。

“哎哟，你们那边的假期怎么就跟我们这边的农民工似的啊，还以为美国人多么休闲舒服呢，原来也不过如此。”毛毛惊讶道。

“美国电影看多了吧，美国人工作很拼命的，何况是纽约人，全世界的精英都在抢饭碗。”潇君笑道。

“我们本来也就是外地人在纽约打工，跟农民工的差别也不大，呵呵。”林芷自嘲着说，“美国的福利倒是对不论美国人还是外国人都是一样平等的。不过这不包括那些没有身份打黑工的人，他们连带薪假期都没有，更别说医疗保险了，被黑心老板克扣工资也是常有的，因为反正没有身份受不了法律保护。”

“那他们还不快回国。”毛毛说。

“不是想象的那样简单。那些没有身份的人好多是负债偷渡或者非法滞留在美国的，都是破釜沉舟或倾家荡产希望在美国有所建树和发展的人。可是现实是艰难的，很多人到了美国之后发现语言不通寸步难行，成了生活的奴役，可是又没有脸面回国，只能挣扎着在一些唐人街中国城里生活下来。有些人为了等绿卡，十年都不能回国和家人团聚呢。”林芷说着，想到了曹建明，也不知道他现在怎样了，是否依然和曹太太每天怄气。而曹太太，她有回国的勇气吗，还是继续在美国挨日子？那位地铁上偶遇的老阿婆，还依然满腹辛酸地寻找倾听她故事的乘客吗？不过这些已经不重要了。

“所以我们还是明智选择了回国。”吉雨示意林芷，在一边得意扬扬地说，“要是留在美国，就等着一成不变地发霉吧。人家一看你这张脸是个亚洲人，再看你英语不行，不管你的专业水平怎么高深都没人听你的。”的确，吉雨回来以后才成立了自己的公司，明智的一跳，跨越太平洋。

“其实我最近一直在考虑，将来等孩子大一点了也送到美国去深造，像你们一样见见世面多好，现在听你这么一说，都有点犹豫了。美国生活居然那么不容易，为什么还有那么多人削尖脑袋斥重金要把孩子往外面送呢？”毛毛说。

“围城啊围城。”潇君富有哲理的一笑，向上推了推眼镜。

“其实很多人还是选择留在美国的，美国的物质精神文化是非常丰富的，只是各人有不同的文化情结。有一天，我的美国同事问我是不是将来打算办移民留在美国，我说我生是中国人，死是中国鬼。他笑说，你可以让这个女子离开中国的土，却没有办法让中国离开这个女子的心。如果有一天成了美国公民，你心里知道自己不是，那多别扭，感觉像是卖主求荣。最多办张绿卡解决一下旅行签证的实际困难，入籍是肯定不会的。”吉雨不是不想念纽约，也不是不羡慕美国清澈的空气、热情的人民和她魂牵梦绕的时尚新款。事实上她一离开纽约的土地就已经开始想念它了。但是家的感觉，主人的感觉，是什么也代替不了的。

“还有，你如果小时候就把小孩往国外送，巨额的学费生活费不算，将来小孩长大了整个思维体系全是美国文化培养出来的，只是单长一张中国脸而已。你们俩不仅有年龄上的代沟，还有文化上的鸿沟，他将来或许根本就不想回国了。你想过你老了该怎么办吗？要么你把孩子锁在身边不让出国，那孩子肯定不快乐；要么你跟着孩子出国，你能承受中年再学习新语言适应新文化和新环境的压力吗？”吉雨说话总带着一种领袖气质，高挑的身子激动地左右摇摆着，“不是我危言耸听，我出国前也什么不懂，觉得国外一定前途光明。现在才知道，出国只是第一步，后面麻烦事多着呢，趁着年轻还有资本赶紧逃回来了。”

吉雨正侃侃而谈，服务员小姐端着紫砂茶壶与白瓷杯子过来了。杯子一字排开，一一斟上淡绿的茶水，玲珑精致。

“潇君，等你读完了博士后，打算去哪里发展呢？不会在加拿大成家立业吧？”林芷问。

“我其实正在做计划明年到美国去工作。加拿大虽然是一个环境和福利都很好的国家，但是没有美国人那样有激情，更适合老年人居住。如果真想闯一番事业的话，还是得去美国。”潇君回答说，很憧憬的模样。

“不过美国现在工作也难找，祝你好运。”林芷说。

“其实回国最好找。”吉雨说，“很多美国人都想到亚洲来发展呢，就是语言文化障碍，其他都不是问题。我老公现在就在上业余中文学校，进展还不错。”

“这也要看想要什么样的生活方式了。国内人际关系复杂，如果喜欢简单自由还是国外比较合适。”潇君若有所思。

“对了，听说国外买名牌奢侈品很便宜，现在很多人在淘宝上做代购，生意都超好的，你们回国这个便利就没有了。国内的生活成本还是高。美国人赚的比我们多，开销比我们便宜，什么生活呀。”毛毛抱怨道。

“奢侈品都是暴利，只是个标志不同，价格就可以翻几倍，本质还是一样。”林芷自己在奢侈品行当工作，对品牌的利润和运营十分了解，那些高昂的价格配上高贵的标志，只是在营造氛围来勾引顾客的欲望。同样的物品贴不同的牌子售不同的价格，甚至是翻几倍的价，都是人工的计谋。

“毕竟是行业里的人，眼界就是不一样。”毛毛佩服地说，“像我们专卖店一走，就被忽悠得眼花缭乱想掏钞票出来了。”

“我以前也是这样，被五光十色的产品吸引着充满购买欲；现在走进高档百货商场，看到的都是产品背后辛苦的研发过程和各个环节的利润竞赛和销售策略，因为一眼就知道这个产品的成本，反倒是没心情买东西了。”林芷坦然地说，心里却也舒了口气，“无欲则刚，省点钱也好。不过话说我自己又在做产品研发，按理应该鼓励消费主义才是，不然没人买我们产品就没饭吃了。真是矛盾啊。生活就是一个矛盾和折腾的综合体。”

“省了钱凑个首付赶紧买个房子吧，现在国内虽说是要控制房价，我看需求量这么大，还是要涨的。现在要是不买，以后连城郊乡下的房子都买不到了。你们出国赚的都是美元，现在也是高工资白领，很快就好起来了。不像我们当老师的，还不知道还到何年何月呢。”毛毛语重心长道。

“以前有想过买房子，不过那时候要买的话会给父母和自己带来很大的经济压力，所以放弃了。现在倒是想明白了，世界各地的青年都在读万卷书行万里路，享受生活激发创造的时候，中国青年都在当房奴，实在是我最不想做的事。我们的生活还有很多上升空间，不用那么早就限定自己，把自己套牢在每个月还贷款的心思上去。”潇君滔滔不绝，很有感触。

“潇君说得没错。买了房子就不自由了。我还想趁着年轻可以出去旅行，可以换个城市生活，实在过得不开心可以放弃工作休息一段时间。如果买了房子，每月要按时付款，心理压力不说，也限制了自己的行动范围，磨掉了年轻人应有的探索精神。”林芷暗暗佩服潇君的积极心态，其实自己也被爸妈催促买房子好久了，只是犹豫不定没有坚定的理由作为买或者不买的后盾。

“可是我这年纪周围的朋友都买房了，没房子结婚也不行吧。”毛毛眉头一皱。

“人活着就是不能跟周围的人比赛，否则多累啊。要活出自己的个性才开心。”吉雨掰开一颗又大又白的香瓜子高兴地往嘴里一抛，说，“我和老公孩子也有了，还不是从美国搬家到中国，以后还不知道要搬到哪里去呢，房子是肯定不会买在国内的，只有七十年产权，有意思吗？”

“再说买房的性价比太低了。就算只花一百万吧，如果拿来环球旅行，已经绰绰有余了，结果在上海只能买个30~50平米的郊区盒子，对我个人来说，价值差得太远了。”潇君补充道。

“你们是新近海归不知道国内行情，这里是累一点没问题，但面子不能丢，整个氛围不一样，大家都要折腾出个天地才行，跟打了鸡血一样，否则就赶不上了。”毛毛有点儿着急，这些国外回来的孩子真是不识行情得很，也不知道混不混得下去。

“赶不上就赶不上吧，我只要简单自由做个小小的自己就好了。”林芷往沙发里一陷，靠在吉雨的手臂上，两个女子手挽着手碰着茶杯，“为我们的小生活干杯！”

“林芷，我们都是快三十的人。你看我小孩都上幼儿园了，吉雨的孩子到年底也已经满三岁。你的那一半问题解决得怎么样了？要不要我给你介绍？我这边倒还是有几个不错的光棍，不过男生是不急的，不像女生，晚了生小孩对身体不好。”毛毛找到了个新话题，并表示出浓厚的兴趣。

正当林芷犹豫要如何回答才好的时候，沉默了半天的文卿嬉皮笑脸地说：“我是男生，我急。”

“现在这个社会找个好男人不容易。”吉雨半解围半调侃地说，“也要找个情投意合的吧。价值观一致，性格和谐，优点可以互补。”

“这年月哪来这样的奢侈品。年纪越大感觉越像搭伙过日子。”文卿满鼻子生气，觉得吉雨太不求实际。

“那你要怎样的？”吉雨往后一甩短发，挑红的刘海如夏日的凌霄花一般丛丛绽放。

“在不反感的前提下进行一定时间的尝试，能磨合好便可以结婚，不行就散。”文卿一股斩钉截铁的口气。

“那不行，总得彼此有好感吧。”吉雨觉得文卿真是太没情怀了，估计这才是他还没女朋友的真正原因。

“什么叫好感？”文卿不悦。

“就是觉得你喜欢那个人，那个人对你有吸引力。”吉雨想这还用解释。

“就是审美的愉悦性？太虚幻了。那我说我对林志玲有好感。不过那是很久很久以前上大学的纯洁年代，在这个物欲横流的社会，这些都已经不重要了，激情已经磨灭，精神已经死了，人性是罪恶的，只有比别人更污，才能站得住脚。”文卿冷笑道。

“你这人怎么这么极端。可千万别跟女孩子这样说话，人家都会被你吓跑的。要阳光的男生才有人爱。”吉雨蛮不高兴，前倾着身体大声教训起来。

“阳光都是虚假的，解决不了信仰问题是堕落的关键。”

文卿忽然把信仰扯进来，让大家摸不着头脑。

“原来你是过来传道的呀，哈哈。”潇君大笑，眼见吉雨和文卿越演越烈要爆发世界大战，赶紧帮他们解围。

林芷听得正乐，一手端着茶杯，一手虚掩着嘴窃窃地笑着。这时毛毛穷追不舍，说：“你呀不要要求太高，国外大学里的留学生不仅博士、博士后一大把的，而且都是国内的精英才出去的，你也没好好把握机会。”

“在学校里的时候太忙，没时间参加太多社交活动，况且好些高学历的男人都有优越感，我一介小女子还是找个实在点的人过日子吧，最好能做饭做家务的那种。”林芷说。

“这就是你的要求啊？那还不如招个保姆好了。最起码也得人家有房有车吧。你这么厉害，怎么能自贬身份找个连博士学历也没有的人？好歹也要找个才华横溢可以养你一辈子的男人才可靠。如果结婚不图个什么那还有什么意思？”毛毛觉得林芷真是疯了，一点现实社会的头脑都没有，纯粹的理想主义者终究是要摔跟头的，不管在哪个年代。

“结婚找对象又不是公司招员工，既要学富五车，又要才华横溢。我觉得找个会生活的人才有意思，以家庭为首要，能做饭愿意料理家务还有责任心，生病了能细心照顾，有困难共同承担。历史上太多有所谓才华的人在生活中只是个无能者，需要别人来服侍，受苦的还不是家人？”林芷觉得毛毛多年不见，竟然变得如此势利，心里生发出一丝厌恶之情。不过毛毛的思维已经代表了国内婚嫁的主流思潮，这让林芷又开始担心回国是不是人生这盘棋中错误的一步。

“国外根本没有有房有车才结婚的观念，两个人在一起只要快乐幸福就好；至于物质的追求，只是共同努力生活的一部分。但是陷在国内这种环境里觉得生活就必须是这个样子，一定要买这买那，走出去一看，生活缤纷多彩，何必这样局限自己？房子车子票子都是浮云，生不带来死不带去。不如有空多读书多旅行，充实自己的知识和经历，拓展自己的生命力，那也没白活一趟了。”潇君畅言道。

林芷拍手称赞道：“潇君真是精神领袖。我虽然一直给自己加足马力积极进取，但是每过一段时间总会意志消沉，怀疑人生的意义。不怕你们笑话，大家来讨论下人生的意义和理想吧？”

“吃喝玩乐等死，哈哈。”潇君开着玩笑，“是不是很俗？”

“大俗大雅。这才是真性情。”林芷诙谐地回答。

“人生边走边寻，结束时，意义才能显现出来。想多了，会不快乐。”吉雨缓缓地说。

“找个好老公结婚，生个有出息的孩子，等有了家庭负担，你就不会问这样的问题了。”毛毛说。

“那也是甜蜜的负担。”林芷补充说。

“你看来可能是甜蜜的。围城效应无处不在。”毛毛苦笑着。

“目前来说是早点还清我的买房贷款。”文卿倒也实在。

“你房子多少钱买的？”毛毛问。

“连贷款的利息一共加起来一百多万。”文卿答。

“啊，好贵呢。凭老师的收入是不是要还很久？”林芷问。

“这还叫贵？在上海已经很便宜了。不过要是再养小孩就入不敷出了。”文卿无奈地说，“不过现在没房子的话女生看都不看你一眼。”

柔和的阳光透过雕刻着花朵镂空图样的狭长木窗，闪闪烁烁地映衬在林芷的碎花裙上。傍晚的霞光透过玻璃将茶馆笼罩在暖色调里。茶杯里的茶水颜色由深变浅，只剩一丝香味留存。林芷回想起小时候住在老太太那几进几深的清朝旧宅，在天井里跳皮筋，在藤榻椅上晒太阳，也是这样狭长高耸的朱红色木门，热热闹闹地朝天井里一排打开。其上雕刻精美的镂空图案，尽是历史上的传奇故事，生动活泼，就如天井里盛开的野花，草丛中休息的毛毛虫，大方砖下忙碌的蚂蚁窝，还有水温冬暖夏凉的石井。如今这宅院早已被拆除，尽管回去看过几趟，都只见高楼大厦，丝毫没有旧日的踪迹。唯有在记忆里，清清楚楚，如同昨日。

杯中的茶水渐凉，冬日的夕阳分外红润。此时的帝国大厦，不知点亮了什么色彩的灯光？

二十五

新年新国籍

时光像捧在手里的细沙，一缕缕地漏掉，越想抓紧却越难以把握。一月底的上海，天气阴冷刺骨，雾霾笼罩的空气里，被子似乎也是湿漉漉的。在家里依然要穿上厚毛衣，开上空调或者电暖器。相比于纽约暖气充足的冬天，江南的冬天实在是不好过。林芷虽然从小在上海长大，现在回家却有些不习惯了，无论走到哪里手中都捧好一个被妈妈包上绒布衣的热水袋，稍微缓解一下冻僵的双手。外面虽冷，心里却是热乎的。父母好久不见女儿，感情里充满了失而复得的珍惜与喜悦，嘘寒问暖呵护有加。妈妈总是向林芷津津有味地讲述林芷小时候的故事，给林芷看她儿童时代的照片，仿佛如今的林芷是个远房亲戚，而妈妈要将自己最钟爱的小孩介绍给她。“瞧，这张多么可爱，小鼻子小脸蛋多么端正。”慢慢地，林芷对于美国的记忆渐渐迷离，现实生活的阳光扑洒得满身温暖，似乎从来没有去过美国，一直都在上海。可是生活在上海，似乎又断了层，接起来的故事，往往是遥远而稀疏的回忆。那一段飘忽在国外的日子，就是一场梦，别人怎么也揣摩不透，唯有自己还隐约记得，却无人分享。

农历新年转眼就在跟前。和往常一样，林芷的父母、爷爷奶奶和亲戚们哪怕再忙也会聚在一起吃一顿热热闹闹的年夜饭。她记得小的时候，年夜饭的准备工作都要花掉奶奶、妈妈以及家里其他女人们好几天的时间来准备：螺蛳要浸在水桶里等待它们伸展开来自然去污，黄鱼要高高地挂在梁上腌制几天并防止野猫触碰，酒糟的鸡要提前切割洗净泡在黄酒罐里……那时候的林芷，玩耍在琳琅满目的食物之间，这里吃一小块那里尝一小口，盼望着最后的大餐，期待着一年一度的烟花。时过境迁，现在过年都时兴去餐馆吃年夜饭。由于预定的人多，要提前好几个月才能定到包厢。大家如今都图个方便，各忙各的事业，没有时间像旧时用好几天来准备食物。爷爷奶奶年纪大了，更没有精力去准备和收拾年夜饭。这顿饭变得像一个抽象的符号，饭吃完，年就过好了。不过对于多年没有经历过年夜饭、没有庆祝过农历新年的林芷来说，真是兴奋，仿佛回到了小时候盼望过新年的那股子劲头。看到几年没见面的远房亲戚们，当年瘦削的毛头小伙子竟然大腹便便俨然一副商人气派；从前身强力壮的中年人忽然身得重病已经不在人世；那时待字闺中盼望出嫁的女孩如今已经挽着丈夫的手臂大方地向大家打招呼。每个人的生活都在时间的洪流中纷纷变了样。唯有林芷，自从出国以后，国内的记忆仿佛变成了停滞不前的一块石头。如今回来，这些年渐变的结果一下子展现在自己眼前，这些年缺失的故事像流星一样在见面的瞬间砸下来，并转瞬即逝。如果再不回来，也许再也来不及捕捉到朋友青春的容颜，因为那容颜或许已经爬上岁月的纹理；如果再不回来，也许再也来不及细数母亲鬓角的白发，因为那白发已经像冬日的大雪一样漫天遍野。

饭局定在一家著名的本帮菜馆。进门大厅里中式设计金碧辉煌，角落里整齐地陈列着水族箱，举着威武双钳的龙虾，横行霸道的螃蟹，银光闪闪的各种鱼群，在水里奔腾游弋。踏上铺着红色地毯的转角楼梯，来到二层楼的包厢里，门上书写着“竹韵阁”三个字。几个亲戚已经先到，外地的表哥带来了出生才满三个月的侄子和羞答答的嫂子。林芷上一次回国看到表哥的时候他还单身在大学里，没想到现在已经有了美满的小家庭。大家纷纷询问林芷在国外留学与工作的情况，好为自己的小孩树立榜样。

人来齐了，冷盘先上。白斩鸡、熏鱼、卤汁鸭舌头、凉拌海蜇丝、油焖笋、酱鸭、糟毛豆、糯米糖藕，尽是在国外唐人街也打破铁鞋无觅处的地道口味。热菜有蟹粉狮子头、响油鳝糊、扬州干丝、葱油爆鸡、清熘虾仁、蜜汁火方等浓油赤酱的上海菜。砂锅里香味弥漫的腌笃鲜，瓷盘里醇厚鲜嫩的葱烤鲫鱼，外加枣泥拉糕的甜而不腻，酒酿圆子的温暖香甜。久违的味道，带着乡音的名字，充满记忆的气息，林芷感到自己的生命像经历寒冬后在春天又一次绽放的花朵，朵朵的花瓣在和煦的春风里沐浴着幸福。每一道菜，都饱含着一段孩童时代温暖遥远的回忆：冬日里和妈妈一起在老房子漏风的厨房间炖一锅香气四溢的腌笃鲜，夏日里和奶奶一起手指沾上水来包荠菜猪肉大馄饨，菜市场上看农民伯伯挥起刀来杀挣扎蹦跳的鳝鱼，平板铁锅上热气腾腾地翻滚着金黄色蛋饺的皮衣，这些场景纷纷在眼前像电影一样回放。如今家人都已经年老，妈妈的青春换来白发，唯有家乡的味道，始终在那里，不离不弃，牵扯着游子们敏感的神经。

在纽约那会儿，林芷曾和文森特参加一个中国同事的婚礼。才来第一轮冷盘，文森特就已经吃饱了。待到后来主菜渐渐端上桌子，他方才后悔不迭，原来中餐讲究蜻蜓点水，走马观花，吃的是气场，喝的是感情，不只是关于食物。不像西餐，第一道开胃菜，第二道主食，第三道甜点，一个人总共才三碟子菜，具有细嚼慢咽的可能性。不过就这简单的三道菜，也把刚来美国时英语听力不佳的林芷给迷惑了好一段时间。以至于每次去餐厅，一到点菜部分，就心惊肉跳，生怕听不懂，最后只得依靠同桌吃饭的美国朋友相救才行。纽约的中餐跟国内比，品质上相差甚远。西方人喜欢重口味的食物，因此川菜湘菜还有点市场。江浙菜除了小笼包之外，基本是无迹可寻，仅有的一两家，味道也与原本大相径庭，可让林芷的味蕾受尽了委屈。

外面极冷，汽车的排气管和路人的呼吸营造出白雾腾腾的景象，是寂静的冬日里奔流不息的生命之气。雨夹雪持续了一天，走路要小心翼翼才不至于在冰面上滑倒。纽约人在冬季总是兴致勃勃地讨论溜冰和滑雪的去处，最好雪下得漫天漫地，地铁瘫痪不用上班，趁机去山上滑雪。上海可不一样，虽然生活起来感觉要比纽约寒冷，却并没有多少与冰雪结缘的游戏，国人似乎没有欧美人那么热衷于户外活动。

林芷搀扶着爷爷奶奶上车，一起回家看春节联欢晚会。对于晚会的记忆，她依旧停留在多年前的赵本山卖拐的故事。如今回到家，和家人窝在一张大沙发里，坐在超薄宽屏电视机前等待央视的春节联欢晚会。这一切仿佛是上个世纪的故事，而今又在梦里将它延续。是时间忘记了自己，还是自己丢失了时间？直到凌晨钟声响起，直到爆竹飞扬，直到烟雾四散，再也看不到来去的路，迷失在新旧年交际的那一刻，恍惚间出了神。

嘟……一阵门铃响。这年初一大清早的，竟然有人登门造访，估计是按错门铃了。林芷在床上翻了个身，舍不得离开好不容易用体温暖起来的被窝。嘟嘟，按门铃的人没有放弃的意思，林芷满脑子挣扎着想要不要起来开门。不过这样被吵醒，一时半会儿也睡不下去了。狠狠心，披上一条毯子，跑去客厅按下对讲机："啥人？"

"新年好，林芷。"陌生人那低沉厚重的上海话把林芷给怔住了。她使劲地想，却怎么也记不得是哪个亲戚或者朋友，不觉有些羞愧。国内的熟人大多长久没有语音联系，只是平日聊天软件里彼此留个言而已，因此虽然保持着形象上的时刻更新，却对声音渐渐地淡忘了。若是亲友上门拜访，自己却听不出来，岂不是太丢人了。

"请问哪一位？"林芷不好意思地说。

"你不记得了？"那头依然慢吞吞不着急。

这人是要把我冻死还是怎么样。林芷满肚子不开心。

"我是你曹叔叔啊。"曹建明这一开口，把林芷吓了一跳，他那慢条斯理的语气，镇定自若的态度，是最令林芷招架不住的，"我回国给你拜年来了，还不开门啊。"

林芷来不及回去穿外套，就严严实实地把自己裹在毛毯子里。她踏着拖鞋，呆呆地站在门口，受惊的神经一时无法平静。她的心疯狂地跳着，像是站在悬崖旁边，被风吹得摇摆不定，到处找可以抓住的树枝藤蔓，好不至于摔下去。父母不在家，她一边匆忙中发了条短信给住在附近的朋友潇君，让他过来，好心里安定些。

时间一点一滴地走过去，林芷愈发觉得冷了。小高层的电梯前亮着幽幽的节能灯，仿佛有幽灵会突然从电梯里推门而出，让她不禁打了个寒噤。

"林芷，"曹建明身着黑色呢大衣，毕恭毕敬地出现在电梯口，礼貌地取下黑色的帽子，光溜溜的头顶泛出油光，微笑的眼角横出几条皱纹，“我找到你了，看我还算聪明吧。”一边拖着小行李箱，朝林芷的公寓门走来。行李箱的轮子在安静的过道里，咕噜噜地发出很大的回声，仿佛诉说着旅途的疲惫，又仿佛显现出曹建明虽然临阵不慌却心潮澎湃的情绪。

“给你带了点礼物，现在中国什么都有了，也没什么好送的。”曹建明脱下大衣，把行李箱靠在客厅的沙发边，神色恍惚，却兴高采烈地说，“别担心，我可不是要来过夜的。”说着弯下腰，从底端打开箱子的拉链，抽开米色布包袋子上的拉带，掏出一款路易威登最新款的手提包。提包在透过落地窗的晨光下散发着淡雅的光泽。

“这个不要。”林芷知道曹建明的经济状况，他不仅要还房贷和支付女儿的学费，整个家庭的生计也靠他一人维持。如今买来这样的物品，完全超出他的能力之外。莫非正如曹太太所怀疑的那样他暗藏私房钱？回国来看她已经令她惶恐不安，更不能接受如此贵重的礼物，何况她对奢侈品一点也不感冒。

“我都千里迢迢带回来了，你也好意思不收下？”虽是反问句，却一字一顿地让人难以推脱。好像这里是他的地盘，哪里有林芷的商量余地，“这是给你的蛋糕，你的生日刚过，不好意思没赶上，算是小小的补偿吧。”说着又将手里一路拎过来的水果蛋糕盒放在茶几上。

“你，不是在帮家里人申请绿卡吗？”林芷知道中国人申请绿卡期间是不应该轻易回国的，因为很可能会被拒签回美签证。曹建明这么谨慎的人，哪能冒这个险？除非他是一个人回来的。

“林芷，我正想跟你分享一个好消息呢。”他顿了顿，双手平放在膝盖上，眼角的皱纹渐渐显现，像打算发表正式演讲的姿势，“你看看。”他转身从茶几上的公文包里掏出一个黑色亚光的人造革文件夹，取出一张淡绿色的纸，纸边框印刷着素描样的繁复花纹，像一张放大的美元钞票。纸张左下方印刷着五厘米见方的照片，像一个无底的窗口：曹建明油光闪亮的头顶下凸显着一双少见的茫然不知所措的眼睛，从窗口里幽幽地望出来。

“I certify that the description given is true, and that the photograph affixed hereto is a likeness of me.（我证明以上对我个人信息的描述是正确的，并且这里的照片也是我的。）”装饰性斜体英文缓缓地在淡绿色的钞票纸上舒展开来，顶上金色压印的白头海雕，在盾牌后面张开翅膀和双脚，自信满满地证明这张纸的权威性。强壮的字体在海雕左右写道：“CERTIFICATE OF NATURALIZATION（入籍证书）”。曹建明花哨的英文签名，正正中中落在了下面的横线上。

他等到细心的林芷阅读下面的详细信息时，又将一本深蓝色护照塞到她的手里，上面也一样细致地压印着白头海雕的国徽，心里不由地生出一丝骄傲。

“你看，每一页都有不同的风景，”曹建明一边翻阅着这硬邦邦的小册子，一边说，“这是费城的独立大钟，看到上面的裂缝没有？你去过的；这是密西西比河，蒸汽游艇看到了吧；这个玉米地，应该是中西部平原；最后这张是自由女神像。回到纽约了。美国护照印得还不错。”他满腹得意，溢于言表，像新生儿的母亲一样兴致勃勃地喋喋不休围绕一个话题，以为全世界都很感兴趣。

他把小本子一合，收入狭长的黑色皮夹里，又将皮夹收拢到人造革文件夹中，往怀里一揣，像抱着个心肝宝贝。他身体前倾，两手交叉相握放在膝盖上，指骨关节不停地弯曲，发出啪啪的声响。声音在安静而空荡的公寓里回旋，敲打着每一处的墙壁，再反射回来，刺激着林芷的神经，隐隐地作痛。

“那祝贺你，美国人了，终于。”林芷勉强一笑，努力遮掩内心强烈的冷淡之情。

“这次回国其实也要感谢你，”曹建明向沙发背里靠去，淡淡地舒了口气，说，“你给了我一个回来的理由。上海跟以前完全不一样了，人的观念也变了，真是难以想象。我十多年前出国的那会儿还提倡勤俭节约，现在的人是与潮流保持高度一致，宁可勒紧裤腰带花钱也不能眨眼，好像不是自己赚的一样。”曹建明暗自庆幸自己已经是地地道道的美国人，不用在国内蹚这浑水，如果混不好，周围的亲戚邻里朋友三姑六婶的还不知道怎样评价自己，就连妻子和女儿也会成天对自己指手画脚，那日子还怎么过。如今人家看到他拿了美国籍回来，到处请吃饭不说，还以为他真是在美国发了大财的成功人士，都纷纷要向他讨教经验。不过他在美国作为文化的旁观者，生活却是似乎更为轻松了。没人管没人睬，也是一种乐趣，一种进不了主流社会的孤独而自由的乐趣，一种边缘人冷眼旁观心知肚明的乐趣。

“国内现在机会也很多的，毕竟中国发展得快。”林芷小声而肯定地说，“出国不一定好。”

曹建明起身走向阳台的落地长窗，冬日的惨淡阳光微弱地勾勒出他那深灰色的背影，远处的东方明珠塔在灰蒙蒙的天际下发出紫红色的晕，像一串被啃了大半的糖葫芦。他想起昨天看到的朋友，以前倒是没看出来那朋友有多大能力，现在人家公务员做得可是神气活现，工作又是清闲，福利又来得好。想起这些年来自己在美国如此辛苦地维持生计，一刻也不敢喘息，人家没出国的不也过得潇洒自在。也许出国真的不是唯一的出路。可是他不敢想，更不愿意想这多少年的付出到底值不值得。不管怎样，现在是美国公民了。国内的人过得再舒服还是免不了要崇洋媚外，免不了要与人攀比，总觉得别人比自己更好，眼红地要推翻自己的旧生活寻找新生活。对的，这就是我的资本，我用十年奋斗获得的资本，让他们羡慕去吧。

“林芷，跟我回美国吧。”曹建明慢悠悠地、发自内心地说，“我不会亏待你的。”他回转身来，神采奕奕的眼神从金丝边镜片的后面投射过来，补充说，“我可以帮你办绿卡，洗衣做饭照顾你，为你的事业铺一条康庄大道。什么也不用担心。”

曹太太是要离婚回国吗？丫丫何去何从？无数的问题在

林芷的头脑里迅速飘过。可是她不想问，她的尊严命令她保持沉默，她的个性告诉她要防止曹建明滋生哪怕一点得意的可能性。一种抗衡的心理在她的心里牢牢地滋生出来，像充满欲望与力量的豆芽，企图破土而出，掀翻压在头上的石块。

“我这里挺好的。家里人都在身边，家庭对我来说是最重要的。”林芷冷冷地说，一边递上杯绿茶，也算是尽到主人的义务。

林芷端着自己的茶杯，温着手，心里蛮不情愿地、默默地想，难道我就不能去尝试喜欢他吗？也许他真的会珍惜我，对我好，那么一切纠缠不清的身份问题岂不是可以解决了吗？至少可以省掉五年在美国奋斗的岁月。作为一个现代人，不是应该以开放的态度来看待爱情么？不论种族、年龄还是贫富，不应该戴着有色眼镜来评判。大道理是这么说，真正把目光聚焦到曹建明身上，林芷却不得不承认，这个看似儒雅的上海男人，怎么也跟自己也搭不上边来。即使伸出手臂去握一下手，都多少有些莫名的顾虑，更别说一起唇齿相依了。生活如果丧失了自由和独立，再轻松再有钱都没有丝毫意义。就像一只宠物狗一样被喜爱，但是没有自己开拓生活的能力和意志，多么可怜，又多么可悲！

如果换作是吉雨，曹建明很可能遇到打耳光和被扫地出门的尴尬。可这是林芷，即使心里一百个不愿意脸上还要强颜欢笑维持礼貌。这种拐弯抹角地表情达意很难让人琢磨透彻，有时候又差点被人误解，让人不得不急出汗来。

“现在国内的人都想方设法地要出国，这里食品安全问题，住房医疗问题，不是短时间里可以解决的，而且有可能越来越严重。你若是跟我到美国，绿卡办了再申请入籍，放长远看也可以把你爸爸妈妈接过来，有什么不好呢？”曹建明以商量的语气缓缓地说。

林芷坐在沙发对面的木椅子上，满脸苍白，整个人仿佛是被定在木头上一样僵硬，毛毯子紧紧地裹在她瘦小的身躯上，像挣扎着试图脱茧的蛾子。她淡淡地吐出一句话：“可是我不喜欢你。”

“什么？”曹建明眉头一皱。皱纹一直延伸到头顶，像开壳的鸡蛋。

“我不喜欢你。”林芷提高嗓门重复了一遍，可怜的她浑身更冷了，哆哆嗦嗦中去抓茶几上的茶杯。一贯温柔顺从善解人意的林芷，拒绝他人是需要多大的勇气！

“为什么？”曹建明深深地一惊，坐直了身子，说，“有什么你不喜欢的地方可以说说看，也许我可以改。”

“改不了。”林芷双眼直直地盯着地板，肯定地回答道。喜欢是一种感觉，是不能用物质和资源衡量或兑换的感觉。

曹建明愣愣地站起来，靠着阳台的拉门，克制地隐藏起自己的愠怒，沉默着。伸手去口袋里掏烟，掏到一半，转念又放弃了。只发着呆。他的胸口似乎是被重重地擂了一拳，闷闷地喘不过气来。为什么会这样？一直以来的愿望难道都是空的？那个温柔可爱的林芷，转眼间成了陌路人。自己到底是犯了什么错？难道就应该这样放弃吗？我一辈子就是太软弱，失掉了多少自己想要的东西，这次又要重演吗？曹建明，你的美国梦已经实现，再带上林芷就可以安度晚年了。再也不能让幸福与亲情轻易从眼皮底下溜走，再也不能忍受寂寞的煎熬，这次一定要把握住。

“你再想想，国内的机会哪比得上纽约，而且你过来我这边房租也不用付，又省掉一笔费用，要怎么折腾就怎么折腾。我虽然年龄比你大一些，心理和生理还是年轻健康的，也可以陪着你到处去做你想做的事。”曹健明走到林芷身边，将右手放在林芷的肩膀上，“慢慢想，我可以在上海等。”

“你把礼物带回去吧。曹阿姨和丫丫都等着你呢。”林芷倏地站起，曹建明的手滑落下来，摔在木椅子的靠背上。他吃了一惊，那个柔柔弱弱的林芷姑娘，从来也没有如此斩钉截铁过。

林芷弯下腰，把路易威登的手提包装回到行李箱，拉起拉链，正转身时，被曹建明一把将手臂牢牢地握住，挣扎不开。“你这又是为什么？”林芷叫道。

曹建明不发一语，用力把林芷拽到沙发上，拨开她身上裹着的毯子，将她揽入自己的怀里，双臂将呢大衣紧紧地裹住她瘦小的身子，不让她从他的身边移动一寸。他感到自己是如此怜香惜玉，可是这个傻丫头却是一点不明白。他感到她的体温，她的柔软的身体，像婴儿也像小动物，让他忍不住想去触摸，想去抚慰。“乖，听话，”他说，“我就是喜欢你又有什么办法。”

嘟嘟，门铃响了。曹建明吃了一惊，瞬间放了手，林芷忽然跳起来开了门，深深地喘了口气。

潇君到了。

“这是我的男朋友。”林芷挽起潇君的手臂，在曹建明对面坐下。

身着灰色长衣的潇君，戴着黑框眼镜，深红色的毛线围巾搭在颈间。曹建明似乎看到了自己年轻的模样：那个英俊的上海青年正与自己心爱的惠如姑娘计划着将来的美好生活，多么浪漫！如今他不用再遵守父母家人的意见，也不用受街坊邻里的指手画脚，一切都由自己做主，自由的美国人！不但自己自由了，也可以带领林芷一起自由。多么完美的计划！

曹建明感到有点眩晕，刚刚热情澎湃的身体和豪情万丈的心情瞬间被这突如其来的变故怔住了。她在他眼里是那么需要依靠，那么无助，而他就可以为她提供这一切。她是他的小仙女，是他的光明和未来，他多少次想象开车带着她出去旅行，听她泉水般爽朗的笑声，他的人生因此有了生机，就像春天的信息，在他的眼角飞扬出来。

“我跟潇君正准备出去呢。曹先生，我就不留你了。”林芷心里翻江倒海，可是想到曹建明在美国形单影只去教堂的身影，多少又有点心软，便依然是客客气气的，意思却很坚定。

“不行，不是这样的。”曹建明喃喃自语，怔怔地盯着手中那顶黑色的帽子，寂静在公寓里蔓延。

潇君已经把曹建明的行李拉到了门外："曹先生，我们在等你。"他说。

"哦。"曹建明把手中的帽子戴上，调整了一下帽檐，围巾一圈圈围好，整了整大衣的领子。深陷在沙发里的身子在站起来的瞬间感到一阵酸痛，或许是刚刚太用力了。他迅速打开阳台的移门，冬天的沉闷的天空，好像要憋出雪来，就像一切的美好和幸福都要以牺牲和痛苦为前提。他端起沉甸甸的生日蛋糕，狠狠地朝阳台外扔去，啪的一声响，他的嘴角显见起一丝皱纹。朝门外走去。

"今天很高兴你在。"林芷对潇君说，"不然真不知道怎么收场。"

"没想到当时你会那么说。"潇君笑笑，"我也很高兴你能回来，终于回来了。大家都在等你，只是不说。"

"等我什么呢？"林芷问。

"各有各的原因。"潇君说。

"你也在等我吗？"林芷问。

"嗯。"他点点头。

"别等，该做什么做什么去，人生无常。"林芷把头凑到玻璃上，窗外下起了小雪，玻璃上泛起一团白花花的雾水。

二十六

人去楼空

曹建明费了很大的力气，将两个厚实的行李箱横推竖拽地拖到自家公寓门口。纽约是阳光灿烂的大白天，中国却已是凌晨。行李箱被撑得满满的，圆鼓鼓的肚皮随时都有爆炸的危险，于是用尼龙带子扎扎实实地捆了好几圈。给女儿买的衣服鞋子，给妻子买的补品，给教堂里认识的人带的各种香菇、木耳等的土特产，还有自己要享用多时的茶叶，竟然很快就把分量撑足了。过两天把路易威登的包去专卖店退掉，返给的钱再存起来。幸亏没有事先跟妻子女儿摊牌，因此现在还有后备。如今既然林芷领不回来，那就好好地犒劳母女俩，也不能白跑一趟吧。她们等了这么多年，不就是为了能够移民美国全家团聚么。虽然夫妻生活是名不副实，可是为了女儿，忍忍再说，有个家总比什么都没有强。

打开从上到下一系列形状各异的锁，曹建明心里一阵舒坦。中国的一切：人情世故、文化潮流、物质追求等无形的和有形的事与物，离自己越来越远，仿佛是昨晚的梦，醒过来就已经忘记得差不多了。纽约才是他真正的地盘，他可以主宰自己的生活，无拘无束。在这里女儿和妻子没有办法将他与隔壁的张三比较工作和收入，也不用跟对街的李四比较车子和房子。隔壁住的是一家印度人，对街的公寓楼里大概也混住着墨西哥人、中国人、印度人或者韩国人。连语言都不通，有什么好比较的，自己过得是怎样的生活心里明白就好。

“丫丫，爸爸回来了。”曹建明一边脱下外套，一边兴致满满地要告诉女儿买了些什么好东西给她，毕竟回一趟国不容易，像是逃难似的硬是往身上塞物品。

他洗了把脸，卫生间对面是林芷曾经住过的小房间。墨绿色的地毯，形单影只的单人床，空空的写字台上沉积着一层灰，他不禁用手指轻轻地触摸着桌面，擦出一道清晰的痕迹。

走到母女俩的卧室门口，他习惯性地敲了敲门，准备脱鞋。没想到门一敲，便自己开了。窗帘放了下来，屋子里十分昏暗，床上的被子叠得整整齐齐，床头柜上的合影向着他微笑。曹建明拉开壁橱的帘子，里面是空的，一件衣服也没有。

他的心开始开始加速，有一种不祥的预感向他逼近，让他坐立不得。这时在电话边，他看到了一个信封，慌张中把信纸拉出来，读道：

建明：

我和女儿回去了。想了很久，还是做了这个决定。

这么多年，你我分居两地，我对你的生活和感情已经很不了解。你一个人在纽约奋斗，肯定也不简单，可惜我望洋兴叹，帮不上任何忙，也没有办法理解你的处境。或许美国对于你来说是个绝好的地方，况且你也买了自己的公寓，可以顺顺当当地生活下去，既是美国公民，又会讲英语，机会肯定多得是。和你相比，我只是一个没有技能语言不通的负担。你劝说我要再学习再适应，可是我已经不是当年的年轻人，重新来过谈何容易?

我这次回去，凭着多年的工作经验，再找个工作。说到底我还是要感谢你没有忘记我和女儿。你不要怪我狠心，也不要自责。我们的夫妻缘分就到这里结束了，对你对我都是解脱。绿卡的事情你别去忙了，省点钱。你也重新开始生活吧。

我跟丫丫仔细谈过这件事。我本希望她能留在你身边接受美国的高等教育。我相信你也会好好照顾她的。可是这些年来我们俩相依为命，她怎么说也不肯离开妈妈，一定坚持要跟我回去。我只好尊重她的意见。希望你不要忘记女儿，等她在国内上了大学还要你的经济支持。

你一个人在外面要多加小心，乱七八糟的宗教不要盲目相信。我不久会和你仔细讨论离婚的具体内容。勿念。

妻

曹建明身子一软，跌坐在大床上。整个三室一厅的公寓，寂静得可怕。唯有窗台上的鸽子，咕噜咕噜地叫着，一年四季没有停歇。

二十七

孤岛曼哈顿

林芷打开写字台的抽屉，重重叠叠的儿时的物品带着灰尘的气息扑面而来，记忆的片断像打碎的万花筒，千变万化的色彩，天女散花般喷涌出来，让她眼花缭乱。自从她出国以后，除了平常打扫卫生，父母便再没有碰过她房间里旧有的陈设和物品。因此不管是书架，还是抽屉，不管是橱柜，还是收纳盒，所有的物品都一模一样地呈现出她离开家去远行的那一刻状态。一切都不曾改变，只是自己变了。她的房间依然以欢迎小主人的姿态欢乐地盛开，像一朵向日葵，金光灿灿。

眼前的抽屉里，乱七八糟呈现出小时候的兴趣：硬装本的集邮册，里面有毛泽东时代的红色邮票；塑料的单本照相册，已经记不清谁是那个跟她合影的人；铁做的小饼干盒里，锈迹

抽屉里的儿时

斑斑地放着一串钥匙和几片贝壳，而需要打开的锁又不知在何处；中学时代学生证上那个纯真的笑脸，曾经也坐在同一把椅子上畅想现在的自己；一些错综复杂的小玩意儿，零零碎碎分散在抽屉的各个角落。因此这一封雪白的写有英文字母的纤长信封，躺在上面就格外醒目。林芷找到剪刀，小心翼翼地沿着信封的边缘把信剪开，打开一张折叠工整的信纸。

亲爱的林芷小姐：

本公司很高兴地聘用您担任资深材料研究专家的职位，成为公司主体产品研发团队的一员。请仔细查看在这封信里的所有条款。如果您愿意接受这个职位和相关条款，请在这封信上签上名字和日期，并将其传真给人力资源部门。如果您接受这个职位，我们将欢迎您在下月的15日来我们公司报到……

林芷手拿着信封，望出窗外。一架银白色的飞机在城市的上空缓缓地飞过，在灰蒙蒙的天宇划出一条细窄的白丝，消失在西去的地平线。这是她一年前面试过的公司，没想到现在才有回音。公司显然不知道自己已经回到中国，回到飘着新年烟花味的上海弄堂里。她拿着这张信纸，好不容易平静下来的生活又起波涛，就像是回到了当初申请国外学校手握几张大学录取通知书的年代，挣扎的选择，生怕一个念头选错从而改变了自己的整个人生轨道。人生倘若拥有太多的选择，往往让人愁眉不展。林芷真希望自己是一辈子住在乡下的单纯老太太。白天晒晒太阳嗑嗑瓜子拉拉家常，没有什么远大理想也不受现代社会的物质诱惑，没听说过电脑更不知道美国。就这样满足于自己的简单生活，做做家乡菜织织毛衣，种种花草养养黄狗，笑容简单朴实。不过她不是，她的内心总有一把小火炬，不时地燃烧起熊熊烈焰，催赶着自己往前奔。爸爸妈妈絮絮叨叨表达着对自己的担心，林芷虽然礼貌地点头附和，心里却弥漫着一丝丝惆怅。一幅幅挥之不去的纽约影像如电影般回放在她的脑际，迟迟不肯离去。

纽约的第五大道，清晨，阳光扑洒下来，迷离了匆匆前行的路人视线。林芷抬头看着蔚蓝的天，没有一丝云彩。星条旗在帝国大厦边招展，裁出一角天空。几只雪白的海鸟叽叽喳喳打闹着横空穿过。老牌高档百货公司罗德·泰勒的华丽橱窗前，几个黑人小贩神情紧张地售卖着蔻驰和路易威登的假包，随时准备逃跑。百老汇的新歌剧，在埃利奥特先生的监制下，正打着密集的广告闪亮登场。转角新开的巴黎面包店，鲜艳的甜点和迷人的黄油香，是否能再次留住文森特的回忆？

曼哈顿，这个热闹的孤岛，你还好吗？

第五大道的阳光

致谢

写作是一条孤独探索的心灵之路。这几年来，我用生活中的零碎时间，将这个关于纽约的故事一步步地整理出来。如果没有家人、老师和朋友们的鼓励和支持，在被生活和工作的琐碎事情淹没的日子里，我不可能有毅力去写完这个故事，这本书也不可能出版。在这里，千言万语，凝聚在一句诚挚的感谢里。

感谢不厌其烦地阅读我的初稿，并给予我意见和鼓励的朋友们：衡潇、孟宁、胡美蓉、赵东升。感谢给予我出版机会的原海南出版社编审、著名青少年教育专家贺晓兴老师，中译出版社副总编辑吴良柱老师，中译出版社教育出版分社社长姜军老师，没有你们的引荐和支持，我的小说就不会变成纸质书。感谢在写作和出版过程中给予我鼓励和推荐的老师：新华社北美总分社副社长徐兴堂老师，著名设计教育家、学者张福昌老师。感谢一路走来给我以动力和帮助的朋友：梅丽娜女士、湛宇、常连虎、周晓春以及无数老同学老朋友。感谢我的家人：爸爸妈妈，爷爷奶奶和两位叔叔，你们总是从各个方面热心地帮助我，给我一切可能的资源。感谢老公，在我写作时包揽了家务，让我忙里偷闲码出这些文字。

最后，感谢所有在众筹网上支持我的朋友们，是你们把这个故事变成了书，将文字传递到了更多读者的手中。谢谢！

绢窗小雨

2016年9月